FÊNIX

O surgimento da guardiã

MARINA MAUL FRANÇA

FÊNIX

O surgimento da guardiã

São Paulo, 2021

O Surgimento da Guardiã

Copyright © 2021 by Marina Maul França
Copyright © 2021 by Novo Século Ltda.

EDITOR: Luiz Vasconcelos
ASSISTÊNCIA EDITORIAL: Tamiris Sene
PREPARAÇÃO: Cínthia Zagatto
REVISÃO: Flavia Cristina Araujo
DIAGRAMAÇÃO: Plinio Ricca
CAPA E ILUSTRAÇÃO: Paulo Caetano

Texto de acordo com as normas do Novo Acordo Ortográfico
da Língua Portuguesa (1990), em vigor desde 1º de janeiro de 2009.

Dados Internacionais de Catalogação na Publicação (CIP)
Angélica Ilacqua CRB-8/7057

França, Marina Maul
   Fênix : o surgimento da guardiã / Marina Maul França. -- Barueri, SP : Novo Século Editora, 2021.
   208 p.

ISBN 978-65-5561-167-0

1. Ficção brasileira I. Título

21-0977   CDD 869.3

Índice para catálogo sistemático:
1. Ficção brasileira 869.3

Uma marca do Grupo Novo Século

Alameda Araguaia, 2190 – Bloco A – 11º andar – Conjunto 1111
CEP 06455-000 – Alphaville Industrial, Barueri – SP – Brasil
Tel.: (11) 3699-7107 | E-mail: atendimento@gruponovoseculo.com.br
www.gruponovoseculo.com.br

Agradecimentos

Antes de mais nada, quero agradecer aos meus leitores. Espero que esta trilogia – sim, será uma trilogia – proporcione a vocês emoções inesquecíveis! Acompanhe as aventuras de Diana neste novo mundo repleto de magia, alquimia e mistério.

A cada página lida, a intensidade da história progride. Será que Diana tomará sábias decisões? Descubra.

Agradeço à minha mãe também, que é e sempre será a heroína da minha história.

Sumário

Capítulo I – Sentimentos ignorados 13

Capítulo II – Lembranças do colar da Fênix 25

Capítulo III – A ajuda do senhor Phillip 37

Capítulo IV – Querida Dulce 49

Capítulo V – Outro mundo 61

Capítulo VI – O mistério do Espelho das Almas 73

Capítulo VII – O aviso inesperado 83

Capítulo VIII – As cinco insígnias 95

Capítulo IX – O curso natural das coisas 107

Capítulo X – Feridas do passado 117

Capítulo XI – O olhar por trás da realidade 127

Capítulo XII – A última insígnia 139

Capítulo XIII – Cores quentes 151

Capítulo XIV – A descoberta 163

Capítulo XV – O efeito do poder 175

Capítulo XVI – As esperanças ressurgem das cinzas 185

Capítulo XVII – A caçada 197

"Há mais pessoas que desistem do que pessoas que fracassam."
Henry Ford

CAPÍTULO I
Sentimentos ignorados

Em uma manhã de inverno, os dedos de Diana congelavam. Sua respiração estava serena. Sozinha, a garota olhava a bela paisagem de um céu sem nuvens. Linda paisagem. E esta era sua mente.

Diana era uma garota magra de estatura média. De pele bem pálida, tinha cabelos longos e loiros, extremamente lisos. Seus olhos eram castanhos e ela possuía um nariz pequeno. Tinha o péssimo costume de fechar os olhos enquanto pensava profundamente e o de mexer as pernas quando estava impaciente. Costumes que sua mãe detestava.

O sol não trazia nenhum calor, somente a imagem de um falso astro presente no céu. Isso a fazia sorrir e, com os olhos fechados, imaginar histórias de romance. Talvez não um puro romance como naqueles livros em que o final simboliza o "felizes para sempre", mas mais ou menos como um conto: o importante era que a imaginação e a criatividade andassem juntas. Palavras escritas em um papel tentando passar uma única mensagem, mas com tantos detalhes, tantas aventuras. E isso era normal para ela.

Diana era escritora. Quando escrevia, sentia-se libertada da negatividade dos pensamentos, como se fugisse com um príncipe para bem longe em um belo cavalo. E o destino final? A imaginação.

Ela estava em casa. Desta vez, deixara os livros de lado, pois se dera um tempo livre deste hobby. Se tudo desse certo, ele viraria o seu futuro trabalho.

Talvez um dia, Diana pensava.

Embora soubesse do seu grande amor pela escrita, era cem por cento racional em sua vida e raramente se deixava levar por emoções.

Diana não acreditava, até então, em espíritos ou fantasmas. Eles eram apenas crendices, mesmo que soubesse da existência de milhões de relatos a respeito de experiências paranormais. Nada ia além de um simples sensacionalismo.

Contudo, algo estranho surgiu das suas criações. Era somente ficção ou havia vestígios da realidade?

Algo emergiu do papel, e o que não passava de uma história mal elaborada, escrita com uma letra péssima, virou uma parte de sua realidade.

Uma nova vida foi criada. Um personagem visitou sua casa. Ela sentiu o medo do desconhecido. O pior medo, sem escapatória e sem controle.

Diana adorava histórias irreais; faziam-na sonhar com o impossível. Fantasia e suspense eram os seus gêneros favoritos, pois a tiravam do tédio após abusar de sua rotina nada emocionante.

Mas ela também adorava filmes de terror e, como esse gênero era exibido na programação bem tarde da noite, a garota assistia a eles ao lado da mãe, Greta, que não os apreciava nem um pouco.

Algo saltou dos seus papéis, que eram cheios de contos com muitos mistérios. Forças ocultas não faziam parte da sua vida. Até agora.

Aconteceu à noite sua primeira experiência com o além. A garota assistia a um filme de suspense. A noite estava linda, sem estrelas, e uma neblina encobria com suavidade as outras casas e prédios e, por demasiado devastadora, preenchia a rua com seu lado negro e sombrio.

Diana escutou o bater de uma porta. Ela morava em uma casa de dois andares, muito antiga. Os móveis eram quase todos feitos em couro marrom e os lustres eram de cristal.

Sobre a mesa de centro da sala de estar, repousavam os rascunhos dos seus próximos livros e poemas, todos desalinhados. Ela não acreditava em organização.

Seu coração acelerou. A jovem estava na sala, sentada no sofá de couro marrom. Atenta a qualquer movimento suspeito, olhava para todas as direções, com medo de que alguma coisa ruim acontecesse.

As luzes se apagaram. Suas pupilas se dilataram.

Seu medo foi intensificado quando ela se deu conta de que as outras casas ainda estavam com eletricidade.

Diana virou-se para trás. Algo anormal aconteceu. Batidas cardíacas eram poucas para demonstrar o que estava sentindo – medo.

Definido no dicionário como: pavor, falta de coragem. Palavras que tinham de ser eliminadas de sua vida. Diana gostaria de ficar o mais longe possível delas, mas foram justamente estas que arrombaram a porta de sua mente.

Inspirou de modo profundo. Expirou. Após gastar uma tentativa em vão para se acalmar, ouviu passos apressados, porém ninguém estava em casa, além dela.

A eletricidade voltou.

Foi nesse momento que a garota viu pela janela um vulto lá fora, se aproximando bem devagar. Era parecido com o de uma mulher.

De repente, a televisão deu pane. Diana presenciou chuviscos para todos os lados na tela. *Será que o vulto interferiu no sinal?*, ela cogitou.

Alguém a observava atentamente.

Sua mãe abriu a porta.

– Oi, mãe! – disse mais tranquila, suspirando de alívio.

– Diana, só voltei porque preciso de uns documentos para a apresentação de amanhã. – Entrou na casa a passos apressados. – Os investidores estão cada vez mais cautelosos – disse firme.

Greta vestia um blazer preto, calça social também na cor preta e calçava scarpins pretos. Era uma mulher alta e magra. Tinha cabelos castanhos, lisos e curtos. Seus olhos eram verdes.

Ela sempre usava óculos de grau de armação grossa e preta, embora Diana a tivesse presenteado no dia do seu aniversário com uma outra armação, colorida, para que a mãe pudesse variar um pouco seu estilo. Porém, Greta era inflexível.

Diana observou a mãe subir as escadas e, em poucos minutos, ela estava de volta.

– Diga que ficará menos tempo desta vez – disse em um tom meloso.

Sua mãe balançou negativamente a cabeça.

— Não posso, querida. Você vai ficar bem sem sua mãezinha, e estes quatro ou cinco meses passarão rápido. – Sorriu.

Greta andou a passos largos até a porta da entrada e a fechou.

Diana escutou o ruído emitido quando a mãe trancou a porta.

Suas palavras tinham acalmado a garota. Todavia, ela ainda sentia uma presença dentro da casa. Diana não sabia o que ou quem realmente era. Algo jazia ali: quieto, morto, porém vivo em espírito e preparado para revelar-se como uma cobra pronta para dar o bote em sua presa.

Diana ficou desanimada ao saber que ela insistira em fazer aquela viagem. Embora fosse uma oportunidade única em sua carreira, a vontade e o egoísmo de Diana falavam mais alto.

Greta tinha de viajar a negócios e somente aparecera para pegar alguns documentos antes de dizer adeus à garota. E Diana nada comentara sobre a presença estranha que sentira. Sua mãe era tão cética quanto ela.

Talvez fosse melhor desta forma, pois Greta poderia pensar que Diana estava tomada pela insanidade ou realmente se preocuparia com a possibilidade de alguma coisa estar perseguindo a filha e, com isso, decidiria ficar em casa e cancelar aquele compromisso importante.

Algo se mexeu.

Novamente, Diana se virou e, ainda sentada no sofá, tentou espiar pela janela da sala, mas nada de incomum foi detectado.

Para piorar a situação, escutou um chamado. Seu coração acelerou novamente. Ela suspirou. O medo havia retornado com toda a intensidade.

Ela escutou seu nome dito por uma voz feminina e muito doce.

Pulou do sofá ao ouvir um ruído agudo vindo do segundo andar da casa.

– Missy? – disse com a voz fina.

Chamara pela gata persa, de 7 anos de idade. Ela tinha pelos longos, cinza e brancos, e um focinho curto e bem pequeno.

Diana a viu descer as escadas. Seus olhos amendoados e amarelos pareciam assustados.

Poucos instantes depois, a gata decidiu correr atrás de algo invisível. Missy sabia que havia algo errado. Algo que os olhos de sua dona eram incapazes de enxergar.

Diana fora alertada, quando resolvera dar um lar para Missy, de que gatos possuem um sexto sentido e, embora fosse totalmente descrente a respeito disso, ela não descartava a possibilidade de que eles tivessem a visão e a audição bem mais aguçadas que as dos seres humanos. Talvez, por essa razão, esses fantásticos animais tivessem alguns pontos ao seu favor.

Caminhou em direção à janela da sala. Olhou para a paisagem deserta. Nada havia lá além de um anoitecer desprovido de estrelas.

Diana sentiu um calafrio percorrer sua espinha. Cerrou os olhos castanhos e deu um longo suspiro.

Por um breve momento, pensou em uma de suas histórias criadas recentemente: a de uma garota que temia a luz do sol e a luz do luar. Pensar em uma de suas criações podia surtir efeito calmante ou, na melhor das hipóteses, agir como um sonífero.

Mas um som abafado interrompeu seus pensamentos.

Quando a jovem se virou, viu algo preocupante: Missy havia se engasgado.

Diana correu para ajudá-la.

Agachou-se. Colocou a ponta dos dedos na pequena boca do animal e sentiu um objeto miúdo ali. Tirou-o.

Era um papel amassado, parecido com um pergaminho. Levantou-se.

Ao desamassá-lo, Diana notou a presença de gotas que poderiam ser de sangue, as quais não pertenciam a Missy, pois pareciam estar impregnadas naquele papel desde antes de a gata tê-lo enfiado na boca.

Diana concluiu que eram antigas e derramadas no papel havia muito tempo.

Leu o que estava escrito:

"Virei buscá-la, mais cedo ou mais tarde."

As pernas de Diana estremeceram. Suas cordas vocais quase foram ativadas. Ela desejou gritar. Diana levou as mãos à boca e começou a tremer. Missy foi ao seu encontro.

A garota deu alguns passos para trás e mordeu sua boca ao pensar que um terceiro ser ocupava a casa. Apertou suas vestes. Diana usava um moletom azul-turquesa e uma calça jeans. Seus pés estavam descalços.

Missy parecia estar melhor, até bocejou. Após farejar boa parte da sala, deu um grunhido e foi embora, correndo para seus aposentos muito confortáveis no segundo andar.

Diana voltou a encarar aquele pequeno papel. Nele não havia nenhum nome. Talvez se tivesse um, ficaria mais aliviada, pois poderia ter pistas para uma investigação.

Seria uma brincadeira?, pensou por alguns instantes.

Ela imaginou o pior. Uma pessoa que agia daquela forma não estava para brincadeiras inocentes. A temperatura da casa parecia ter caído. Diana sentiu o piso de madeira ficar ainda mais frio. Seus pés precisavam de um chinelo.

A garota correu para o seu quarto.

Após muita insistência, Greta a deixara colocar um mural gigantesco em formato de coração na parede, com recortes e colagens de revistas, panfletos e cartazes de propagandas. Em sua maioria, imagens de pessoas sorrindo ou dançando.

Seu quarto tinha uma decoração bem peculiar: os móveis de madeira foram todos pintados de rosa-claro por um bom profissional. Ela queria dar um toque feminino àquela decoração.

O lustre nada mais era que uma junção de quatro bolas de plástico de diversos tamanhos, unidas por um cabo de metal. As lâmpadas eram de colorações diferentes: verde, rosa, alaranjada e azul.

Ela escolhera uma colcha de veludo rosa para cobrir sua cama. As fronhas dos travesseiros eram da mesma tonalidade.

Diana calçou os chinelos. Seus pés se aqueciam lentamente enquanto ela dava uma última volta no quarto antes de descer as escadas.

Voltou para a sala e sentiu um frio incomum percorrer o cômodo. Nenhuma janela estava aberta. Ela estranhou o acontecido.

Seu celular tocou. A música de chamada era *Diamonds*, da Rihanna. A garota desconhecia aquele número, portanto resolveu ignorar a chamada.

Àquela altura, julgou que dormir seria sua atitude mais sábia.

Diana retornou ao quarto e resolveu, por um momento, fechar fortemente os olhos para acabar com aquele pesadelo. Ao terminar de subir todos aqueles degraus, suspirou. Ela não era muito fã de exercícios.

Olhava atenta para o quarto. Deitou-se na cama de barriga para cima e sentiu aquele suave toque do veludo encostar em sua pele alva.

Embora os fios de seus cabelos fossem muito lisos e sedosos, eles se emaranhavam à medida que ela se virava na cama, de um lado para o outro.

Missy subiu no colchão e se deitou ao seu lado. Diana sorriu ao ver a gata também de barriga para cima.

O frio maior passara, mas ainda a deixava desconfortável. A garota poupou energias ficando com aquela roupa mesmo; afinal, se sentia confortável com aquele moletom.

Também julgou ser melhor assim, pois, se houvesse uma emergência, poderia correr, pegar a gata no colo e sair de casa – provavelmente com um ar desesperado, mas sem acabar de pijama na rua.

Ao pensar naquelas besteiras, balançou a cabeça.

O imprevisto aconteceu: Diana estava completamente sem sono. Assistir à televisão não era uma boa ideia para quem desejava dormir.

Missy se levantou e deu alguns miados antes de pular da cama. Diana a seguiu. Foi levada até a cozinha.

Greta deixara aquele cômodo com uma decoração nada moderna. Uma cozinha totalmente monocromática e sem nenhum atrativo estava longe de se encontrar nos padrões atuais.

Os armários e utensílios eram todos brancos, assim como a bancada de mármore e o piso, feito com o mesmo material. Diana achava aquela cozinha sem graça. As pequenas luzes eram embutidas no teto.

Ela notou a gula visitando o estômago de Missy. A gata só parou de miar quando a garota abriu o armário e tirou de lá o grande pote de vidro que continha ração.

Ao despejar um pouco no pote branco de porcelana, viu sua gata focar toda a atenção na comida.

Saiu de lá às pressas. Ao chegar à sala, subiu novamente as escadas e andou bem devagar em direção ao seu quarto.

Diana acendeu as luzes e sentou-se em sua cama. Deu corda na caixinha de música com a qual sua mãe a presenteara em seu aniversário de 6 anos. Surpreendentemente, ainda funcionava.

Depois de escutar aquela doce melodia, resolveu se levantar. Caminhou até a janela e abriu as longas cortinas brancas de renda.

Diana avistou um grupo que parecia se divertir. Alguns jovens riam, já outros cochichavam. Mas todos estavam felizes com a provável piada que um deles havia contado.

Ela cronometrou: demorou quase cinco minutos para que mais pessoas aparecessem por ali. Diana espiava o movimento delas pela janela. Suspirou. Queria estar andando lá fora com sua mãe.

Decidiu se deitar. Ajeitou com delicadeza o travesseiro de plumas de ganso. Missy voltou, pulou desesperada na cama. Quando os bigodes dela encostaram no seu rosto, Diana notou seu ronronado.

Permitiu que a gata dormisse com ela aquela noite, mesmo sabendo que iria acordar a cada hora – devido a experiências anteriores –, pois gatos têm hábitos noturnos.

O sono ainda não aparecera. Diana se virou na cama incontáveis vezes até adormecer e embarcar em um pesadelo.

Estava um dia ensolarado. Ela andava em um jardim repleto de flores. Com os pés descalços, se agachou para pegar nas mãos um lindo botão de flor. Admirou-o.

Em questão de segundos, ele desabrochou e, gotejando sangue, apodreceu rapidamente, virando cinzas e se esvaindo de suas mãos como grãos de areia escapando por uma peneira.

Começou a chover. As gotas pequenas de chuva transformaram-se em uma grande tempestade. Seus cabelos loiros e longos estavam ensopados. Seus pés estavam cobertos por lama. Os raios resolveram aparecer naquele cenário.

Corvos pretos voavam ao redor de Diana. Ela tentou dar alguns passos, mas, a cada movimento, sentia os seus pés se afundarem ainda mais na lama.

Havia outro alguém em seu sonho. Uma silhueta feminina surgiu em meio a uma luz alaranjada de coloração intensa. Diana ficou incapacitada de enxergar depois de ela ofuscar sua visão.

Gritou durante o pesadelo.

Ao voltar para a realidade, acordou com um sobressalto. Missy continuava a dormir, embora tivesse um sono leve.

Ela conferiu as horas no relógio retangular rosa-claro ao lado da caixinha de música: era meia-noite. Depois da experiência nada agradável durante o sono, levantou-se da cama bem devagar para não acordar a gata, que acharia uma ótima hora para pedir comida novamente ou brincar com seu rato de brinquedo.

Andou alguns passos em direção à janela do quarto e abriu-a. Diana sentiu uma brisa gelada tocar seu rosto pálido.

Uma intensa neblina se alastrava lá fora. Havia um gato preto andando com muita cautela pelas ruas desertas. O bichano, ao se deparar com a neblina, correu para bem longe até fugir do seu campo de visão.

Missy a surpreendeu ao pular no beiral da janela. A jovem rapidamente a cerrou. Sua gata fez um grunhido antes de descer.

– Quer brincar? – disse em um tom manhoso.

A gata ronronou, pedindo uma demonstração de afeto. Depois encostou o corpinho nas pernas de Diana. A garota se abaixou para alisar seus pelos sedosos. Missy fechou os pequenos e amendoados olhos amarelos, mas logo os abriu para encará-la. Ela encolheu sua cauda ao mesmo tempo em que colocava as orelhas para trás.

Infelizmente, a jovem não conseguia explicar o que estava havendo para acalmá-la. A gata ainda se lembrava da estranha sensação que sentira pouco tempo atrás.

Felizmente, depois de um tempo, foram apenas lembranças.

Duas semanas se passaram. Aquela data fazia parte do passado. Passado que voltaria a perseguir Diana.

CAPÍTULO II

Lembranças do colar da Fênix

Exausta, depois de reescrever uma saga de ficção de aproximadamente mil páginas, Diana adormecera. Suas pálpebras gritavam por descanso. E ela as obedecera sem hesitar.

Seu sono foi interrompido por uma ligação: era Greta.

A garota rapidamente se levantou para pegar seu celular, que estava perto da caixinha de música em cima da escrivaninha ao lado da cama.

– Oi, mãe – disse sonolenta.

Greta percebeu o cansaço da filha.

– Tudo bem, Diana? Você parece cansada – concluiu.

– Sim – suspirou. – Eu terminei de reescrever aquela saga.

– Aquela de mil páginas?

– Isso.

Greta parecia contente.

– Ótimo. – Deu uma pausa. – E você já tem outra história em mente?

Diana não fazia ideia de qual seria seu próximo enredo, então improvisou:

– Talvez... Um mistério, quem sabe?

– Então vou te deixar descansar. Bons sonhos. – Sorriu.

– Te amo, mãe – disse em um tom firme.

Diana colocou o celular de volta na escrivaninha e tornou a dormir.

Porém, os pesadelos batiam à porta de sua mente com muita insistência. Ela começou a suar. Sua respiração ficava mais ofegante à medida que o sonho se desenvolvia.

Diana se debateu no travesseiro. Virou-se algumas vezes durante o sono turbulento.

Mergulhada completamente nas imagens sem precedentes, viu alguém à sua frente. Um vulto. Mas agora ele não parecia ser de uma mulher.

A garota perseguiu o desconhecido. Estavam em uma floresta muito verde; árvores e flores montavam a paisagem paradisíaca. O céu estava claro, sem nenhuma nuvem à vista, permitindo que a floresta densa pudesse ser admirada de forma nítida.

Avistou a silhueta de um homem. Ele pedia socorro. Sua voz a deixou deslumbrada, pois era a voz mais linda que já havia escutado em sua vida. Era como música.

Diana permanecia em busca da silhueta masculina. Olhava para todos os cantos possíveis, mas não avistava nada além de plantas e raízes de árvores pelo chão. Ele se afastava à medida que ela tentava se aproximar dele.

Ela continuou a caminhar pela floresta atrás do estranho. Tivera poucas experiências de escutar uma música em um sonho. E ocorreu naquele. Ela pôde ouvir de forma nítida um trecho da música *Skyfall*, da Adele.

> *Skyfall is where we start*
> Na queda do céu é onde começamos
> *A thousand miles and poles apart*
> Separados por mil milhas e polos
> *Where worlds collide and days are dark*
> Onde mundos colidem e dias são escuros
> *You may have my number*
> Você pode ter meu número
> *You can take my name*
> Você pode tirar meu nome
> *But you'll never have my heart*
> Mas você nunca terá meu coração

Diana estava confusa. Amedrontada, caminhou a passos largos e até ousou correr para matar a sede de sua insaciável curiosidade.

Ela o perdeu de vista. Não achou o que procurava, mas havia no chão da floresta, enroscado em algumas folhas secas, um colar de prata com uma pedra azul em formato de coração.

Por um momento, a jovem notou uma brusca mudança no tom daquele objeto. O denso azul virou um laranja bem vivo, mas por apenas um segundo.

Pegou-o do chão. Fitou seus olhos castanhos naquele colar. Algo era refletido nele. Pareciam labaredas de fogo, porém eram azuis. Colocou-o em seu pescoço e ouviu um grito.

Acordou. Seu celular estava tocando. Optou por não atender à ligação, pois o número era desconhecido.

O medo deixara de ser parte dos sentimentos que habitavam em sua mente. Ela nunca havia sonhado com um colar antes, muito menos naquelas circunstâncias. Talvez sua imaginação fértil de escritora a tivesse presenteado com uma ideia para sua próxima história.

Sentou-se na cama, suspirou e acendeu o abajur decorado com pequenos mosaicos feitos de vidros bem coloridos que ficava entre a caixinha de música e o celular.

Concentrou-se para relembrar o sonho. Quem sabe certos detalhes pudessem ajudá-la a escrever um conto, ou mesmo um livro?

Cerrou os olhos para meditar.

Sentiu algo gelado em seu pescoço. Parecia algo duro, como se fosse uma pedra.

Diana rapidamente passou as mãos pelo pescoço. Estava com um colar idêntico ao que havia visto em seu sonho. Um colar, não. O colar.

Levantou-se achando estranho aquilo ter acontecido. Ainda poderia estar no sonho, mas aquela era a pura realidade.

Ela se dirigiu ao banheiro com o intuito de lavar o rosto. Ainda estava incrédula.

O cômodo era decorado com tons de bege e dourado. O piso era de porcelanato bege queimado e a parede, de um marfim com detalhes da mesma cor do piso. O armário era de madeira bem escura, com puxadores dourados e quadriculares. Sobre ele, havia uma cuba redonda de louça. A torneira retangular combinava com os puxadores.

Um espelho redondo com moldura preta fazia parte da decoração nada luxuosa, mas muito moderna. No teto, havia três grandes luminárias de embutir redondas, feitas de acrílico.

O box era de vidro temperado. Seu puxador era dourado e, dentro dele, tinha uma ducha quadrada da mesma cor. Entre o armário e o box, um vaso sanitário branco.

Olhou-se pelo espelho redondo. O colar realmente estava em seu pescoço.

Como isso é possível?, a garota se questionou. Retirou o colar de seu pescoço e o colocou sobre a bancada da pia.

Procurou por respostas imediatas. Tentava obtê-las a qualquer custo. Contudo, ela bem sabia que não estavam consigo, mas sim com ele: o homem desconhecido que aparecera em seus sonhos turbulentos naquela manhã.

Diana caminhou devagar, com um ar sonolento, pela casa. Foi até a cozinha e despejou ração no pote de sua gata, que apareceu em poucos instantes. De braços cruzados, ela permaneceu ali até a gata terminar de comer. Missy se deitou no chão para ganhar carinho, como um cachorro.

Após acariciá-la, a garota abriu a porta da entrada da casa para olhar quem estava lá fora. Avistou pessoas caminhando com seus animais e um carro sendo guinchado por estar estacionado na frente de uma garagem. O proprietário gritava com o motorista do guincho. Também percebeu cantos dos pássaros e o farfalhar das folhas das árvores quando o vento as tocou de um jeito nada delicado.

Esta era a trilha sonora daquela manhã.

Alguns dias se passaram.

Greta mandou uma mensagem para Diana, avisando sobre a contratação de uma empregada para ajudá-la em algumas tarefas domésticas. E talvez até na cozinha.

Sua mãe havia contratado uma senhora carismática, a senhora Collins. Sara Van Collins tinha estatura baixa e estava um pouco acima do peso. Possuía cabelos curtos e grisalhos e usava óculos de lentes grossas, que deixavam seus pequenos olhos ainda menores. Seu sorriso preenchia o vazio da solidão. Ela fazia comidas caseiras muito apetitosas e adorava contar para Diana histórias de pura ficção com muito terror e suspense, mas de vez em quando incluía uma pitada de romance.

Todos os dias, a senhora Collins vinha para fazer o café da manhã, tirar o pó dos móveis e, de vez em quando, deixar o almoço pronto. As duas riam e conversavam muito, mas, naquela manhã, o assunto começou a ficar sério após Diana lhe contar sobre o colar.

– Esquisito, não? – disse Diana.

A senhora Collins a fitou com um olhar preocupado. Sentou-se à mesa de madeira da cozinha e lhe entregou um bilhete.

– Este colar pode ser... – Suspirou. – Você precisa ir neste endereço. É uma casa antiga. Coisas estranhas aconteceram lá há muito tempo. – Estalou seus finos dedos.

Diana balançou a cabeça e após ler o conteúdo do bilhete, comentou:

– Minha aposta? Crendices ou brincadeiras?

A senhora Collins arqueou as sobrancelhas.

– Nem um, nem outro – disse firme. – Irei levá-la até lá. Arrume-se.

Diana franziu a testa. Ainda estava de camisola.

Subiu as escadas e foi até o quarto. Abriu o guarda-roupa e pegou um vestido longo de rendas, todo marrom. Após tirar o pijama e colocar a roupa escolhida, calçou sandálias também marrons. Apanhou sua bolsa-carteiro verde-oliva e colocou a alça em seu ombro direito.

Foi ao banheiro. Pegou o colar e o colocou em seu pescoço.

A senhora Collins se dispensou da tarefa de fazer o café da manhã naquele dia, então Diana se viu obrigada a pegar um pão de queijo do dia anterior guardado em um dos armários da cozinha.

As duas saíram de casa. Enquanto Diana mastigava, notou os olhares atentos, porém amedrontados, de senhora Collins toda vez que olhava para aquela joia.

Diana chamou um táxi. A casa ficava a incontáveis quarteirões dali.

– Tome. – Diana entregou o endereço ao taxista.
– Ok, lá vamos nós! – exclamou Jorge.
Ele era um homem acima do peso e com muita barba. Tinha olhos castanhos e pequenos. Suas bochechas eram coradas e grandes. Usava um boné de um time de beisebol americano. Havia um saco de batatas fritas e algumas latas de refrigerante no banco ao seu lado.
Elas entraram no carro e a senhora Collins decidiu ficar calada por todo o percurso.
– O senhor... – fez uma pausa – já ouviu falar dessa casa?
Ele hesitou por um tempo considerável antes de responder à pergunta de Diana.
– Menina, esse lugar é perigoso.
– Por quê?
– Se eu fosse você, não iria lá. – Encarou-a pelo retrovisor. – Estou lhe avisando.
Diana resolveu tirar seu pequeno notebook da bolsa para fazer uma pesquisa rápida pelo Google a respeito da casa. Encontrou algumas histórias estranhas: relatos de pessoas que estavam na casa durante atividades paranormais.
A garota corria seus olhos castanhos pela tela à procura de alguma explicação que a auxiliasse a descobrir sua origem.
Ela voltou sua atenção aos vários relatos. Ao compará-los, constatou que todos tinham sido escritos durante uma única visita àquela casa e nenhum outro fora escrito depois disso.
Diana pensou no pior: e se aquelas pessoas nunca tivessem saído da casa? Se ainda estivessem presas lá, de alguma forma?
A ideia de que uma casa pudesse prender alguém era ridícula. *Uma casa é apenas um imóvel. Nada mais,* concluiu.

A senhora Collins permanecia calada. A garota descartou a hipótese de timidez, pois Sara adorava conversar e sempre aproveitava para lhe contar várias histórias sobre sua vida.

Encarou-a. A mulher parecia um pouco apreensiva. Retribuía os sorrisos tímidos de Diana com um olhar de piedade, como se ela estivesse rumo a um destino desolador.

O taxista começou a se calar e olhou em direção à senhora Collins. Com um ar de desconfiança, perguntou:

– Você entrará naquela casa sozinha? – Olhou a garota pelo retrovisor.

Diana respondeu em um tom firme:

– Não. Eu irei com a senhora Collins. – Guardou seu notebook na bolsa.

Jorge se calou.

Em nenhum momento ele dirigiu sua palavra à mulher. Diana achou aquilo uma tremenda falta de respeito.

– A senhorita chegou ao seu destino – disse ao estacionar o táxi em frente àquela casa.

Com pressa, Diana saltou de dentro dele. Viu o vulto da senhora Collins também sair do carro.

– Aqui. – Entregou o dinheiro ao motorista. – Obrigada.

Ele deu um breve aceno com a cabeça e tocou seus dedos no boné antes de ir embora.

A jovem se dirigiu à antiga casa. Foi quando notou que a senhora Collins não estava mais ao seu lado. Ela se distanciava a cada passo, e por fim, desapareceu.

Sara Van Collins estava morta, por isso Jorge não a vira.

Ainda confusa, Diana correu até a casa. Abriu a porta com dificuldade.

A dobradiça rangeu, revelando uma sala antiga com móveis lindos, mas empoeirados, de tons pastel e bordô.

Havia teias de aranhas por todo o perímetro, principalmente nos lustres de cristais.
Como a senhora Collins está morta se fez seus deliciosos bolinhos ontem?, Diana pensava.
Foi aí que percebeu que a bondosa senhora havia morrido no dia anterior, após sair de sua casa. Diana podia sentir seu perfume de rosas. Sua alma deveria estar por ali.
A casa exibia um piso de madeira que parecia ser antiquíssimo. Na sala, havia fotos dispostas em fileiras sobre uma bancada enorme de madeira. Pareciam ter sido organizadas em sequência. Ela reconheceu alguns dos rostos, pois os vira na pesquisa que tinha feito poucos instantes atrás, dentro do táxi.
Diana percorreu a bancada e viu que as primeiras fotos eram muito antigas, em preto e branco. As últimas eram coloridas.
Cogitou por um instante. Olhou novamente para as fotos. Talvez alguém soubesse do paradeiro daquelas pessoas. Sentiu um nó na garganta e ajoelhou-se de dor. Dor de arrependimento por não a ter ajudado. A senhora Collins comentara sobre aquela casa nos últimos dias de vida.
Levantou-se e, antes de seguir o impulso de correr em direção à porta para sair daquele lugar que mais parecia uma mansão assombrada, reuniu coragem para investigar aquele cenário.
Havia um porta-retrato caído no chão. O vidro estava rachado.
Diana levou as mãos à boca ao ver seu nome escrito com sangue em uma foto sua, tirada recentemente. Ela não queria mais ficar naquele lugar, mas sua ânsia por respostas era enorme.

Andou pela casa sem saber ao certo o que procurar. Tentou conter as lágrimas. Agora mais atenta, observou como as paredes possuíam um antigo papel de parede em tons de vermelho e bege. Móveis à moda Luís XV eram abundantes em todos os cômodos.

Diana visitou os quartos, a cozinha e depois o banheiro: o lugar mais improvável de se encontrar uma carta ou anotação, mas foi bem ali onde viu um bilhete jogado no chão. Diana se agachou para pegá-lo. Nele estava escrito:

"Pensei que eu poderia solucionar o problema. Caso alguém estiver lendo este bilhete, por favor, não adianta investigar. Desista. Acredito que você também não conseguirá. Esqueça tudo o que ocorreu com você, assim como eu esqueci. Não tente ser um guardião."

Diana balbuciou enquanto lia. Obviamente, ignorou a mensagem. Tinha de saber quem havia assassinado Sara Van Collins e o verdadeiro propósito daquele colar, além disso, havia aquelas pessoas presentes nas fotos, as quais desapareceram sem explicação. E ela certamente seria a próxima.

Guardou o bilhete em sua bolsa, afinal, poderia ser útil.

Ao sair da casa, desnorteada, Diana caminhou por algumas vielas. Ergueu a cabeça. Olhou para o céu. Como um dia tão bonito podia abrigar fatos tão obscuros?

A rua estava repleta de sujeira. Suas sandálias emitiam um ruído irritante quando Diana pisava naquele chão imundo.

Parou para refletir. Ela necessitava de alguém que a auxiliasse naquela busca, então imaginou ter mais alguma resposta pronta para ser encontrada na internet.

Ao chamar um táxi e dizer a sua rota, Diana se sentou no banco traseiro e ali ficou até achar uma informação pertinente.

Desta vez, o taxista era macérrimo. Tinha olhos verdes e cabelos castanhos bem curtos. Parecia ter uns quarenta e poucos anos de idade.

Depois de quase dez minutos, a jovem achou o endereço de uma livraria perita em assuntos sobrenaturais. Disse ao taxista:

– O senhor pode mudar de caminho? Preciso ir a outro lugar. – Mostrou-lhe a foto da livraria em seu notebook.

– Ah, sim. A livraria *The Lost Ghosts*. Procurando por mistérios? – disse enquanto sorria.

– Não mais – balbuciou.

CAPÍTULO III

A ajuda do senhor Phillip

Quando chegou à rua de destino, Diana avistou árvores com caules bem grossos e retorcidos. Pareciam estar ali havia centenas de anos. Olhou à sua esquerda, onde uma ponte de pedra meio rachada dava acesso à livraria que procurava.

Enquanto caminhava a passos largos pela ponte, Diana se aproximou da beirada e olhou para baixo. Avistou um lago e uma porção de vitórias-régias. Em sua margem, havia algumas latas de refrigerante amassadas. Ela franziu a testa.

A porta do local já estava aberta. Diana entrou.

Sentiu ao seu redor um clima gélido e sombrio. Desprovida de luz – já que as muitas velas dispostas pelo ambiente não eram suficientes para iluminá-lo –, aquela livraria conseguia passar com êxito a mensagem de ser especializada em mistérios.

Diana olhou para cima. Viu muitos candelabros de ferro retorcido e, novamente, teias de aranha. Muitas teias.

O único atendente, também proprietário do estabelecimento, virou-se para a garota.

– Deseja alguma coisa? – Sorriu.

Era um senhor de cabelos grisalhos e lisos, muito magro e de estatura alta. Seu rosto fino abrigava uns óculos pequenos e de lentes grossas, como os de Sara Van Collins. Os olhos daquele senhor eram absurdamente azuis.

– Sim – respondeu Diana.

O homem andava meio curvado para a frente enquanto movimentava freneticamente os dedos das mãos. Parecia procurar um título em especial naquele exército de livros dispostos em estantes de madeira; dezenas e dezenas delas.

– Minha cara, qual é o seu nome? – Sorriu novamente.

– Diana. – Fez uma pausa. – E o seu?

– Phillip. – Olhou para cima em direção a uma estante. – Ah, aqui está.

Phillip esticou a cabeça na direção de uma escada bem velha e enferrujada.

– Deixe que eu pego para o senhor.

Diana correu para buscar a escada e colocá-la próximo à estante.

– Você é muito gentil, minha jovem.

A garota subiu os degraus com cautela. Eles emitiam um ruído nada agradável quando Diana os pisava.

Pegou o livro nas mãos. Ao descer, virou-se para o senhor Phillip.

– Aqui. – Estendeu-o em sua direção.

Ele balançou negativamente a cabeça.

– Não, não. – Encarou-a. – Este livro é para você.

– Como o senhor...

Diana viu seus olhos azuis fitarem o colar em seu pescoço.

Ela abriu o livro e folheou-o rapidamente, ávida por alguma resposta. Depois de alguns instantes, concluiu que havia pouquíssima informação que pudesse valer a pena.

Ela procurou Phillip. Antes que pudesse falar, ele se apressou:

– Olhe nas últimas páginas. – Apontou com o seu dedo enrugado para dois nomes escritos a caneta.

– Thomas e James – balbuciou.

– São irmãos. Este é o endereço deles. – Apontou um pouco mais para baixo.

– Muito obrigada. – Estendeu o livro na direção de Phillip.

O bondoso senhor recusou.

– Não, é seu. – Arqueou as sobrancelhas grisalhas antes de prosseguir. – A propósito, menina, como conseguiu este colar? – Fitou novamente a joia.

– Se eu contar, o senhor não irá acreditar.

– Será? – disse com uma voz fina.

Diana fez que sim com a cabeça.

Phillip se virou e deu umas risadinhas, embora estivesse com um semblante nada feliz.

Diana decidiu ir caminhando até sua casa. Ela precisava espairecer um pouco.

Ao chegar, Missy a recepcionou.

– Minha menina! – Diana abaixou-se para acariciar a cabeça da bichana.

Suspirou e imaginou se o senhor Phillip poderia supor como ela recebera aquele colar.

Ela se dirigiu ao sofá da sala e ficou ali por quase dez minutos, pois precisava decidir se visitaria os irmãos do livro ou não.

Por mais que estivesse agoniada em saber o significado do colar, parou para analisar os riscos. Por fim, escolheu prosseguir. *E o que mais poderia acontecer?*, pensou.

Como o tempo era valioso, Diana partiu para a ação. Decidiu ir ao encontro de Thomas e James. Ainda com o livro nas mãos, encarou-o pela última vez antes de colocá-lo dentro da bolsa.

Chamou um táxi.

– Para este endereço, por favor. – Retirou o livro novamente e mostrou a página que continha o endereço dos irmãos ao taxista.

Demorou muito para chegar àquele destino, quase uma hora de percurso, ainda que o taxista dirigisse bem rápido.

Ao pagar a corrida – e se surpreender com o valor –, Diana avistou uma casa grande, porém isolada da civilização.

A rua estava deserta e abrigava uma casa antiga, de dois andares. O revestimento da fachada externa era de uma cerâmica que imitava tijolos. As janelas eram grandes, porém Diana ficou impossibilitada de espiar seu interior, visto que todas as cortinas estavam fechadas.

Uma árvore gigantesca se instalava confortavelmente ao lado da casa. Suas raízes eram grossas e meio entrelaçadas.

Antes de bater à porta, Diana inspirou profundamente e expirou logo em seguida.

Após o chamado, um rapaz alto e musculoso apareceu. Seus cabelos eram negros, como seus olhos, e bem curtos. Ele vestia uma camisa branca e calça de veludo marrom. Seus pés estavam calçados com um mocassim da mesma cor.

Ela notou uma ferida em sua testa, que o rapaz franziu enquanto perguntava para Diana:

– Em que posso ajudá-la?

Diana tomou coragem.

– Eu fui a uma livraria chamada *The Lost Ghosts* para procurar alguém que pudesse me ajudar a solucionar um certo problema. – Deu uma leve mordida nos lábios.

– Conheço essa livraria. – O homem abriu parcialmente a boca. – Vamos ver o que posso fazer... – Houve uma pausa suficiente para que Diana notasse o interesse do rapaz em saber seu nome.

Ela se apressou.

– Diana. E você é...

– Thomas. – Fez um sinal para a garota entrar, mas ficou surpreso ao olhar para o seu pescoço. – Espere, você veio procurar explicações sobre este colar, estou errado?

– Nem um pouco. – Balançou negativamente a cabeça.

Diana entrou e reparou na casa. Era muito mais espaçosa do que imaginara.

O chão era de porcelanato branco.

A sala era enorme: tinha três sofás de couro marrom e duas poltronas brancas. No meio, havia um tapete felpudo branco e, sobre ele, uma mesinha de centro redonda, de madeira, com alguns livros. A luminária de teto era de metal, quadrada e comportava cinco lâmpadas: quatro nos vértices e uma no centro.

A cozinha era visível dali: uma mesa de granito preto retangular ocupava o centro e, sobre ela, havia dois potes de vidro com biscoitos de diversos tipos. Três cadeiras brancas de resina ficavam de cada um de seus lados.

O fogão era elétrico. A geladeira ficava em um dos cantos e, perto dela, uma lixeira quadrada preta. Os armários eram de madeira escura e ficavam acima do fogão e de uma extensa bancada de mármore branco, com uma pia de aço inoxidável.

Thomas andava de um lado para outro.

– Entendo – disse em um tom quase inaudível.

– E você poderia me ajudar? – Ela olhou para o rapaz, que a encarou por alguns segundos antes de responder.

– Depende. – Suspirou. – Você o recebeu de que maneira? – Thomas apontou para o colar. – Posso vê-lo?

Diana arqueou as sobrancelhas.

– Claro. – Tirou-o do pescoço e o entregou nas mãos do homem.

A garota desviou sua atenção para os diversos potes de vidro com sal espalhados pela casa.

– Para que servem?

O rapaz notou seu olhar curioso se dirigir de pote em pote e riu.

– Essa é uma das manias do meu irmão, James. – Balançou a cabeça e encarou Diana. – O sal, para ele, tem poderes místicos para afastar o mal. Eu não compartilho dessa opinião. Para ele, pode faltar tudo dentro desta casa, até comida, menos o sal.

Ela agora admirava uns colares de prata, de cordões grossos, guardados em um expositor de vidro na sala de estar. Havia um pingente enorme em cada colar, um diferente do outro.

– Vocês são colecionadores? – Apontou para os objetos. – Esses quatro colares servem para alguma coisa?

– Ah, sim. – Animou-se e devolveu o colar à garota, que o colocou no pescoço em seguida. – Só estou tentando encontrar uma forma de explicar isso a você – disse sóbrio.

– Comece pelo começo. – Sentou-se no sofá.

Thomas se sentou à sua frente, no outro sofá de couro marrom.

– Ótimo. – Suspirou, juntando a palma das mãos uma na outra, e entrelaçando seus dedos. – Esses colares são insígnias que servem para manter um certo tipo de equilíbrio. Elas devem permanecer unidas por enquanto. Ainda procuramos por uma.

Diana apreciou o único quadro daquela sala: com moldura preta, tinha a imagem de uma floresta com árvores centenárias de troncos grossos e retorcidos.

– E isso tem ligação com o colar que recebi?

– Eu receio que sim – disse em um tom tristonho.

– Uhm... então você entende mesmo de assuntos como *este*, certo? – Curvou-se para a frente.

– Como você acha que ganhei esta cicatriz? – Apontou para a própria testa.

A garota deu de ombros.

– Não faço ideia.

– Tentando me desvencilhar do que meu irmão chama de zumbis, seres possuídos por almas das trevas. Há um nome mais correto para isso. – Franziu sua testa. – Phillip nos indicou, não foi?

A garota fez que sim com a cabeça.

– Quer dizer que essas almas podem se incorporar em seres vivos? – disse em um tom áspero.

– Por Deus, não. – Arregalou seus olhos negros. – Apenas se a pessoa estiver morta, mas há exceções.

A conversa dos dois foi interrompida por um ruído vindo da porta de entrada.

– E aí, Thomas? – O rapaz abriu a porta e encarou Diana. Thomas se apressou.

– Esta é Diana. – Levou a palma da mão em direção ao rapaz. – James, meu irmão.

– Prazer em conhecê-lo.

– Tá, tá. – James entrou na casa, caminhando rapidamente em direção ao outro.

Tinha cabelos curtos e loiros, uma barba rala e olhos castanhos. Era magro, de estatura média e sobrancelhas bem grossas. O rapaz vestia uma calça jeans surrada, uma jaqueta preta de couro e tênis pretos.

– Você está com umas gotas de sangue no rosto – alertou-o.

– É porque matei um zumbi... Mais um. – Arquejou. – Qual o motivo de haver dois deles vivos em menos de um mês?

– Ela pode ser o motivo. – Thomas se virou para Diana.

James limpou seu rosto com as mãos e se sentou no sofá ao lado do irmão.

– Este colar. – Fitou o pescoço da garota. – Como conseguiu?

– Ele apareceu em um sonho no qual eu vi o vulto de um homem pedindo socorro. Eu o persegui, mas o perdi de vista. Achei o colar no chão e o coloquei no pescoço. Se eu tivesse ignorado o colar...

– Não adiantaria. – James cortou sua fala. – Aconteceu mais alguma coisa?

– Uma senhora, a senhora Collins, que trabalhava para mim, cuidando da casa, desapareceu. Ela me contou umas histórias estranhas. Quando contei a ela sobre o colar, fomos para uma casa muito antiga e... ela já estava morta.

Seu relato parecia normal para James. Thomas, por outro lado, demonstrava preocupação.

– Tem mais alguém na sua casa neste instante? – Thomas perguntou.

– Sim, minha gata de estimação. Por quê?

– Ela corre perigo. Vamos. – James pegou a chave do carro de dentro de um dos bolsos da calça. – Diga-nos o endereço. Pegue as coisas da gata, a ração, a caixa de areia e sabe-se lá do que mais ela precisa.

O coração de Diana bateu mais forte. Levantou-se. Thomas se levantou logo depois.

– Espere. Devo deixar minha casa?

— Sim, pelo menos por enquanto — James disse calmamente.

Os três saíram e caminharam em direção a um veículo esportivo amarelo. James entrou primeiro e Thomas abriu a porta do carro para Diana, que fez um breve aceno com a cabeça, com o intuito de agradecê-lo pela gentileza.

— Você mora com mais alguém? — James questionou.

— Com minha mãe, Greta. Ela ficará fora por alguns meses. — Ao olhar a expressão de curiosidade no olhar de Thomas, adiantou-se. — Viagem a trabalho.

Preocupada com o que poderia acontecer com seu bicho de estimação, Diana os guiou pelo caminho que os levaria para sua casa.

— Ainda está cedo, não se preocupe. — Thomas deu uns tapinhas nas costas da garota. Ele havia se sentado ao seu lado.

Contudo, o céu ausente de estrelas dava sinais de uma tempestade. Em questão de minutos, começou a chover. Diana fechou os olhos castanhos para escutar os trovões dos raios que atingiam o chão.

James esticou seu pescoço para a janela.

— Logo estaremos lá, Diana. — Olhou para o céu. — Essa tempestade será uma das grandes — disse tenso.

A uns oitenta quilômetros por hora, James dirigia apressado para evitar o esperado.

A jovem observava as palhetas se movimentarem de um lado para o outro do para-brisa.

— É aqui.

James parou seu esportivo em frente à casa da garota. Diana abriu a porta.

— Não sabemos se é seguro entrar agora. — Ele a repreendeu.

— E quando será? — disse Diana ao encarar seu rosto.

— Temos que evitar chamar a atenção — James retrucou.

Ela arqueou as sobrancelhas.

– Difícil com este seu carrão amarelo. – Lançou-lhe um olhar de censura.

– Você venceu. – Suspirou. – Eu vou com você.

James saiu do carro. Diana foi atrás do rapaz e abriu a porta da entrada. Depois foi até a cozinha.

– Pegue-a enquanto vou buscar a caixa de transporte e a coleira.

Cauteloso para evitar arranhões, James pegou a gata no colo e falou com uma voz bem fina.

– Finja que é a mamãe. – Encarou os olhos amendoados de Missy enquanto arqueava suas grossas sobrancelhas.

Diana voltou.

Eles colocaram a gata na caixa de transportes cor-de-rosa. A garota veio com uma maleta vermelha e, no seu interior, pôs o pacote de ração, os potes de água e comida – após lavá-los rapidamente – e o pacote de areia de sílica.

– A gente arranja outra caixa de areia – disse o rapaz. – Faça uma mala para você.

A garota subiu os degraus da escada e correu para o quarto. Agachou-se, puxou uma mala preta que estava sob a cama e abriu-a. Colocou nela algumas roupas, cachecóis, camisolas, roupas íntimas, lenços e sapatos.

Carregou a mala pesada com dificuldade enquanto descia a escada.

James a esperava à porta. Ele segurava a caixa com a gata e a maleta vermelha com seus pertences.

Sem querer, Diana pisou em um rato de brinquedo.

– Ops! – disse James.

Missy começou a miar.

– Agora não, depois! – Arregalou seus olhos para a gata.

– Eu pego. – James se abaixou, pegou o rato e o colocou no bolso da calça.

Eles saíram da casa. Thomas os observava enquanto os dois entravam no carro.

– Tudo certo – James falou, após colocar a bagagem no banco de trás. Olhou para Diana. – Você vai morar conosco até isso passar.

– Eu não quero ser um estorvo na...

Thomas a interrompeu.

– Você não será! Queremos ajudá-la. Afinal, foi para isso que você nos procurou.

– Obrigada. – Mesmo com seus nervos à flor da pele, Diana sorriu.

Na volta, James cantarolava uma música de *heavy metal*. Thomas, por outro lado, manteve-se em silêncio durante boa parte do trajeto.

Finalmente, os quatro chegaram à casa dos irmãos. A tempestade piorou quando já estavam aquecidos e acomodados dentro dela. Diana tomou um banho e trocou de roupa.

Escolheu vestir uma calça de moletom cinza e uma regata preta, calçou os tênis vermelhos com cadarços brancos e prendeu seu cabelo em um rabo de cavalo. Logo se juntou aos rapazes que estavam na sala de estar, brincando com sua gata.

Thomas se agachava no chão. Ele movia de um lado para o outro uma vareta com uma fita de cetim azul-marinho perdurada nela.

– Ei! Já arrumamos uma caixa de areia para ela. – James tirou do bolso o rato de brinquedo e o jogou na direção da gata. Ela o pegou e se deitou no chão enquanto o arranhava com suas afiadas garras. – Qual o nome dela?

– É Missy – Diana respondeu.

– Ela estava até agora cheirando os nossos sapatos. – Thomas riu.

– Ah, ela é assim mesmo. Nem sei de onde tirou esse costume. – Torceu sua boca em sinal de reprovação.

Só agora ela tinha notado a presença de um relógio antigo de parede pendurado na sala. Aqueles pêndulos eram bem barulhentos.

De volta ao quarto, Diana sentiu-se contente por estar em segurança. Os potes de sua gata, já preenchidos, foram postos ao lado do guarda-roupa.

Decorado em tons pastel, aquele cômodo transmitia uma sensação reconfortante. A cama era coberta por lençóis beges, assim como as fronhas dos travesseiros, que tinham rendas nas bordas. Ao lado da cama, havia uma escrivaninha de madeira no mesmo tom. Em cima dela, um abajur cuja cúpula era de tecido com hastes de cerâmica.

O guarda-roupa de cor marfim, com duas portas de correr, abrigava um espelho que ocupava todo o espaço de uma delas. O papel de parede tinha a mesma cor dos móveis.

O lustre pendente era a parte mais criativa daquele quarto. Era feito com arames bem finos em formato de lua cheia, com algumas lâmpadas pequenas que emitiam uma luz dourada. Dois fios de nylon transparentes, quase invisíveis a olho nu, seguravam, cada um deles, uma estrela feita de arame.

A garota se dirigiu à janela do quarto, que possuía lindas cortinas em tom creme. Diana as afastou para o lado. Olhou pela janela. Tudo parecia tranquilo lá fora.

Anoitecia.

Diana soltou seus longos cabelos loiros e pôs o elástico no pulso esquerdo. Vestiu seu pijama branco de bolinhas vermelhas – que mais se parecia com uma roupa de palhaço – e jogou-se na cama. Ela adormeceu.

CAPÍTULO IV
Querida Dulce

Na manhã seguinte, Diana acordou disposta. Após abrir os olhos, deparou-se com Missy. A gata estava espreitando uma mosca que pousara na janela. O zumbido do inseto a deixava com vontade de caçá-lo.

– Saia já daí! – ordenou.

Mas a gata a ignorou, continuava a observar a mosca.

A voz de James estava tão alta que facilmente alcançou o segundo andar. O rapaz estava animado.

A garota levantou-se e dirigiu-se à janela do quarto. Suspirou, pegou o elástico de cabelo colocado no seu pulso esquerdo desde o dia anterior e fez outro rabo de cavalo.

A paisagem além da janela revelava uma natureza quase intocada pelo homem. A grande árvore localizada próximo à casa de Thomas e James abrigava uma quantidade absurdamente grande de pássaros e até borboletas. Diana os observou.

Ela se lembrou do dia anterior. Sua mala com as roupas e sapatos permanecia quase intacta. Abriu-a novamente e colocou peça por peça no interior do guarda-roupa.

Diana detestava arrumar malas. Sua mãe era a responsável por essa tarefa quando elas partiam para uma viagem, mas aquele árduo afazer foi concluído em quinze minutos. Diana suspirou aliviada.

Pegou sua bolsa-carteiro. Tirou de lá o notebook e o pousou sobre a cama. Sentou-se ali mesmo. Poderia ser uma boa ideia fazer um relato do ocorrido.

Ao ligá-lo, abriu o editor de textos e começou a digitar. Escreveu sobre a senhora Collins, sobre como recebera o colar e até mencionou o lugar onde agora residia. Também escreveu alguns parágrafos a respeito do senhor Phillip. Diana estranhou o fato de os óculos de grau dele serem idênticos aos da velha senhora. Sorriu.

Missy deu alguns miados finos e longos. Queria atenção.

– Já vai – disse à gata.

Mais alguns parágrafos foram criados. Estes diziam respeito àqueles lindos colares que Thomas chamara de insígnias. Diana gostaria de saber tudo sobre eles, embora seu novo amigo desse a entender que não era o momento certo para ela se aventurar naquela história.

Salvou o arquivo com o título "Relatos sobre o colar", embora tivesse pouquíssima informação sobre o objeto em si. Mas isso poderia mudar.

Desligou o notebook e sentiu o estômago roncar. Uma refeição lhe cairia bem.

Levantou-se da cama, andou até o guarda-roupa e encarou-se no espelho antes de abri-lo. Tirou seu pijama e o deixou debaixo do travesseiro. Pegou do armário uma calça pantalona laranja com uma regata branca e se vestiu. Calçou alpargatas marrons.

A gata miou novamente.

Diana despejou a ração no pote.

– Pronto. – Agachou-se. Pegou a vasilha de água quase vazia. – Vou enchê-la, tá bom?

Ao descer as escadas, notou a companhia da gata. Ela dava pulinhos de degrau em degrau para seguir Diana até a cozinha.

Pensou que encontraria James por lá. Ou Thomas. Contudo, ouviu uma voz feminina cantarolando:

> *Dimmi quando tu verrai,*
> Diga quando você virá,
> *dimmi quando... quando... quando...*
> diga quando... quando... quando...
> *l'anno, il giorno e l'ora in cui*
> o ano, o dia e a hora em que
> *forse tu mi bacerai...*
> talvez você me beijará.
>
> *Ogni istante attenderò,*
> A cada instante esperarei,
> *fino a quando... quando... quando...*
> até quando... quando... quando...
> *d'improvviso ti vedrò*
> de improviso a verei
> *sorridente accanto a me!*
> sorridente perto de mim!

Uma mulher ouvia a rádio local e cantarolava a música *Quando Quando Quando*, de Tony Renis.

Ela se virou para Diana.

– Olá! Eu sou a Dulce. – Estendeu a mão para a jovem.

– Prazer. Diana. – Cumprimentou-a, dando-lhe um firme aperto de mão.

Dulce era a empregada. Ela trabalhava lá havia muito tempo, todavia servia mais como uma amiga de longa data do que uma pessoa contratada para realizar tarefas domésticas.

Ela era uma mulher magra de estatura baixa. Seus cabelos negros e crespos estavam amarrados em um coque. Dulce tinha olhos negros e grandes e uma pele morena clara. Possuía também um belo sorriso.

Vestia uma calça jeans azul-escura e uma blusa azul--clara. Usava um relógio prateado no pulso direito e calçava tênis verdes.

– Eu preparei uma torta de maçã. Hoje cedo, James me mandou mensagem dizendo para eu trazer maçãs.

Dulce abriu a torneira. O barulho de água chamou a atenção de Missy.

– Eu adoro torta de maçã! – exclamou Diana, largando o pote da gata em cima da mesa.

– Que bom! – Virou-se para Diana, que já se sentava em uma das cadeiras brancas de resina. – Então se prepare para saborear a minha famosa torta de maçã. A receita foi passada na família de geração em geração.

Dulce se virou para a bancada de mármore, onde havia uma vasilha de vidro com dois pedaços da torta. Abriu-a e colocou os dois pedaços em um prato retirado do armário, deixando-o sobre a mesa de granito.

– Você trabalha aqui há muito tempo? – Diana virou-se para Dulce.

Ela fez que sim com a cabeça.

– Tanto tempo que nem me lembro direito. – Sorriu.

Ela entregou um garfo para Diana.

– Estes pedaços são bem generosos, não? Por que não come um deles?

– Então está bem. Prove e me diga se gostou.

Dulce pegou um garfo e outro prato para si. Sentou-se à mesa ao lado de Diana e esqueceu a torneira aberta. Missy aproveitou o descuido e pulou na bancada, aproximando-se bem devagar da pia.

– Está uma delícia! É a melhor que já provei! – A garota saboreava a torta com vontade.

Diana estava faminta e Missy, sedenta.

– É sua gata, não? – questionou.

A garota a viu tomar água da torneira.

– Nem pensar, isso não é lugar! – Diana se levantou. Pegou a gata em seu colo e a colocou no chão.

– Ela é uma persa muito linda. – Dulce riu.

– Linda e safada, ah, sim – esbravejou.

Encheu o pote da gata com água mineral de uma bomba de água de cinco litros que estava sobre a bancada.

Dulce assistia àquela cena.

Elas não perceberam a presença de Thomas e James.

– Nossa, Missy, você não dá folga para sua tutora, não é? – Thomas disse aos risos.

Com as bochechas coradas, Diana comentou:

– Nem me fale.

A garota voltou a se sentar à mesa ao lado de Dulce.

– Vocês já se conheceram. Ótimo. Sem mais apresentações – James concluiu.

Diana lembrou quando Thomas a apresentara para James e o rapaz, sem explicação, agira de forma estranha. Uma coisa era certa: ele detestava aquele ritual.

James fez um breve aceno em direção à garota.

– Depois de comer sua torta, você pode nos encontrar na sala?

Ela fez que sim com a cabeça.

– Claro.

Thomas riu ao ver Missy cheirar seus pés.

– De novo. – James arquejou.

Eles saíram da cozinha. Diana aproveitou para terminar seu café da manhã enquanto Dulce olhava para o seu colar.

– Isso é familiar para mim. – Franziu a testa.

– Como?

– O colar – explicou, apontando o dedo para o pescoço da jovem.

– Você recebeu um também? – Virou-se para Dulce enquanto mastigava o último pedaço de torta de maçã.

Ela fez que não com a cabeça.

– Mas já conheci alguém que recebeu – disse com sua voz carregada de tristeza.

A jovem percebeu que Dulce parecia um pouco incomodada com o colar.

– E...? – Arqueou as sobrancelhas.

Antes de a empregada responder, James apareceu, escorando-se na porta da cozinha.

– Ela já vai. – Dulce torceu a boca.

Diana se levantou da cadeira.

– Obrigada. A torta estava uma delícia. – Sorriu.

A empregada exibiu um ar de contentamento. Levantou-se e retirou a louça suja da mesa para lavá-la.

Missy a observava enquanto mexia sua cauda de um lado para o outro.

Diana se sentou no sofá ao lado de Thomas. James escolheu uma das poltronas brancas.

– Nós vimos um zumbi – disse James.

Thomas arquejou.

– Um MR, um "Morto Renascido", não um zumbi – retificou as palavras do irmão.

– Para mim, é tudo a mesma... – pigarreou – coisa.

– E isso tem a ver comigo, não? – Ajeitou-se no sofá, endireitando sua coluna em uma postura mais ereta.

– Sim. – Thomas expirou profundamente.

– Era mulher ou homem? – a jovem perguntou aos dois.

– Mulher – os irmãos disseram em uníssono.

Diana tocou no colar em seu pescoço.

— Isso é tão importante quanto imagino? — Olhou para os pés enquanto virava a pedra azul do colar com as mãos.
— Pelo que se sabe, bem mais — James disse sóbrio.
A garota suspirou.
— Bom — Thomas tentou cortar o clima tenso —, nós vamos ao supermercado. Você quer...
James o interrompeu.
— Tá maluco, *brother*? A zumbi vai fatiar a garota! — elevou sua voz ao olhar para Thomas.
Diana arregalou seus olhos castanhos.
— Ela não aparecerá *agora* — vociferou Thomas.
— Você quem sabe. — Levantou-se da poltrona branca.
Diana e Thomas também se levantaram. A garota o observou ajeitar seus cabelos pretos e curtos para trás.
Saíram de casa e James entrou no seu esportivo amarelo estacionado a poucos metros dali.
— É ela! — Thomas apontou para o vulto de uma mulher de cabelos longos e negros.
— Pode voltar — disse James a Diana.
Sem dizer uma só palavra, Thomas pegou na mão de Diana e a conduziu até a casa.
James ainda tentou encontrar a mulher, porém não avistou ninguém.
— Pelo menos ele parou de dizer "eu te avisei" — Thomas balbuciou.
Ao abrirem a porta da entrada, Dulce os esperava.
— Tive um pressentimento — disse, cruzando os braços.
Thomas largou a mão da jovem e se sentou no sofá. Diana se sentou à sua frente.
— Sobre o seu sonho, você se lembra de... — balançou a cabeça ao pausar sua fala — mais alguma coisa?
— Bom, na verdade, sim. — Parou para pensar. — A pedra deste colar ficou laranja por mais ou menos um segundo.

– Estranho. – O rapaz se levantou. – Talvez eu encontre a resposta em um livro. – Sorriu.

Thomas se dirigiu ao dormitório.

– O quarto dele mais parece uma biblioteca – Dulce comentou.

Com o passar dos dias naquela casa, Diana se certificou de que estar ali era seguro e à prova de qualquer morto renascido.

Ela escreveu em seu notebook sobre a aparição do vulto e se lembrou de mencionar a mudança de cor na pedra do colar. *Por que laranja?*, pensava.

Os irmãos a proibiram de sair de casa. Logo, a estada de Diana ali se resumira em comer, dormir e escrever.

– Que barulho foi esse? – Ela olhou em direção à porta do seu quarto. Levantou-se rapidamente e correu pelo corredor até chegar às escadas.

Após descer os degraus, dirigiu-se à cozinha.

– Tudo bem? – Ficou imóvel do lado da porta.

– Não foi nada, Diana – Dulce respondeu em um tom de voz carinhoso. – Deixei cair um prato. Ele ainda está intacto, esse material é bem resistente. – Analisou o objeto com as mãos.

Diana ficou aliviada.

Agora era a vez de Thomas ir ao supermercado.

– Sério mesmo? – reclamou ele.

– Desculpe – disse Dulce ao mesmo tempo em que arqueava suas sobrancelhas.

James escondeu seus risos. Deitou-se em um dos sofás de couro da sala.

Algumas horas se transcorreram. Thomas chegou e dirigiu-se à cozinha a fim de descarregar os pacotes na despensa.

A campainha tocou.

James saiu do seu precioso descanso e levantou-se.

– Quem é? – Abriu a porta.

Para sua surpresa e de Diana, uma caixa grande de papelão havia sido deixada no chão. Era uma encomenda endereçada a James e Thomas.

Ele abriu a volumosa caixa enquanto voltava para o sofá, onde a colocou. No interior dela havia muitos livros e envelopes espalhados por todos os cantos. A maior parte daquela papelada estava embolorada.

– Diana, venha – chamou-a. – Tem coisa importante nesta caixa.

A garota deu alguns passos em sua direção.

– Livros e cartas – disse ao espiar seu conteúdo.

– Alguém disse "caixa"? – Thomas gritou da cozinha.

Os dois o ignoraram, mas Thomas se juntou a ambos em questão de minutos. Após analisarem livro por livro, carta por carta, James e Diana se encararam. Thomas parecia confuso.

– Estas cartas foram escritas por pessoas que estiveram naquela casa – concluiu Diana. – Quando fui até lá, vi minha foto em um porta-retrato.

– E tudo indica que você é a próxima – disse James.

Thomas o fulminou com o olhar e coçou a cabeça.

– Elas nunca mais apareceram – completou.

– Quem enviou esta caixa? – Diana questionou.

– Não encontrei nenhum... – James parou ao ver um papel preso com fita adesiva na caixa. – Espere. Tem um bilhete.

E ele dizia:

"Esta caixa é uma chave, assim como o colar. Minha Sara se foi, todavia ainda há esperanças."

Phillip Collins.

– Phillip era casado com Sara Van Collins? – Diana parecia surpresa.

Thomas fez que sim com a cabeça.

– Ela estava lá para proteger você. Mas deu errado – explicou.

– Acharam alguma informação relevante nos livros? – Diana perguntou.

– Não. – Suspirou. – Ainda é uma incógnita.

– Eu vou ler alguns hoje.

Diana se ajeitou no sofá. Passou horas folheando aqueles livros.

Phillip era um senhor misterioso, assim como a senhora Collins, que nunca mencionara detalhes do seu casamento para Diana. Na verdade, a garota nem sabia que Sara era casada.

Três dias se passaram. Thomas relia carta por carta. James parecia ter perdido a paciência com os livros e se rendera à televisão.

– A programação me acalma. – James se virou para Thomas ao receber um olhar nada amigável do irmão.

Já Diana, relatava suas descobertas – que eram escassas – no seu notebook a todo momento.

– Mais muffins? – Dulce perguntou aos três, segurando uma bandeja com vários bolinhos de baunilha.

– Eu quero! – Diana se apressou para pegar um.

Dulce estava ao lado deles com o intuito de enviar energias positivas, dizendo que tudo seria resolvido em seu tempo. Sempre quando tinha uma folga, ela acompanhava aquela busca por respostas.

Thomas sentou-se em uma das poltronas. Missy estava deitada no colo do rapaz.

– Pega, Missy! – Ele jogou o rato de brinquedo da gata no chão.

Eles a observaram brincar com aquele objeto. Missy não só ganhava demasiada atenção de Diana como também dos outros três, tornando-se ainda mais mimada.

O arquivo no notebook de Diana chamado "Relatos sobre o colar" ficou um pouco mais extenso. Ela deu destaque para as palavras recorrentes, as quais apareciam em todos os livros, sem exceção.

Anoiteceu enquanto Diana refletia sobre o conteúdo daquelas páginas. Estava sentada em sua cama de pernas cruzadas.

– Leu quantos? – James apareceu à porta do quarto.

– Todos.

Ele sorriu.

– Isso é muito bom. – Deu alguns passos na direção da cama. – Anotou mais algo aí?

Curioso, ele fez um breve aceno com sua cabeça na direção do notebook de Diana.

– Sim.

– Conte-me. – Sentou-se na beira do colchão.

A garota suspirou.

– Duas palavras apareceram em todos os livros, sem exceção, mesmo as histórias deles sendo totalmente desconexas entre si. – Encarou seu rosto.

James estava boquiaberto. Talvez Diana tivesse desvendado parte do mistério.

– E quais são elas? – questionou.

– "Espelho" e "chave" – disse em um tom firme.

– Isso já é um começo.

CAPÍTULO V
Outro mundo

Amanheceu.
— Bom dia, Diana — disse Dulce enquanto sorria.
A jovem esfregou seus olhos.
— Bom dia. Que horas são? — Levantou-se da cama.
— São oito horas da manhã. A propósito, tem um belo café da manhã te esperando lá embaixo.
Sonolenta, Diana arrastou os pés em direção ao guarda-roupa. Dulce já havia saído, seus passos ecoavam pelo corredor, pois a empregada calçava sandálias estilo Anabela.
Dulce estava com um visual monocromático.. Tanto seu macacão quanto seu calçado eram da tonalidade azul-céu.
A jovem finalmente abriu as portas do guarda-roupa e encarou todas as suas roupas por poucos minutos, antes de escolher qual serviria para aquele dia. Torceu a boca, pois seu moletom preferido tinha ficado em casa.
Escolheu uma calça legging azul-marinho e vestiu uma bata vermelha com pequenos corações cor-de-rosa estampados. Calçou tênis brancos.

Saiu do quarto e desceu as escadas apoiando-se no corrimão.

Ao chegar à cozinha, viu Dulce aos risos com James. A mesa estava repleta de comida: torta de maçã, bolo de cenoura, torta de limão, fatias de pão com presunto e queijo e pequenos salgadinhos de frango fritos, sem falar do café passado na hora e das duas jarras de suco – um de laranja e outro de morango –, que davam um visual de fartura.

– Você está brincando. – Balançou a cabeça. – Como conseguiu? – Dulce perguntou enquanto gargalhava.

James arqueou as sobrancelhas.

– Nem eu sei bem ao certo, foi tudo muito rápido. – James gesticulava como se quisesse pegar algo com as mãos. – Eu corri e fui atrás deles antes que sumissem dali.

James estava com uma calça jeans azul-clara e camisa cinza. Calçava chinelos cinza.

Diana se intrometeu na conversa.

– Atrás de quem? – Puxou uma cadeira e sentou-se à frente de James.

– Dos coelhinhos – explicou. – Eles tinham acabado de dar cria. Meu irmão e eu não percebemos na hora e abrimos a gaiola. Foi uma correria. – Riu.

– Então você é um contador de histórias. – Diana cruzou os braços. – Interessante.

Ela se lembrou da senhora Collins. Sara amava contar histórias.

– E como! – Dulce recuperou o fôlego. – Conta aquela história da cobra!

James fez que não com a cabeça.

– Agora eu quero saber. – Diana descruzou os braços, colocando os cotovelos sobre a mesa. Curvou-se para a frente.

Ele suspirou.

– Você quem pediu. – Mordeu seus lábios carnudos. – Durante a adolescência, eu era ainda mais corajoso... – suspirou. – Além de bobo – complementou.

James pareceu hesitar enquanto se recordava daquela lembrança. Dulce apressou-o:

– Ande logo!

Ele arregalou seus olhos castanhos.

– Tudo a seu tempo, senhorita. – Ajeitou-se na cadeira. – Thomas achou uma boa ideia passarmos as férias com a nossa tia Jane. Ela morava em uma casa bem afastada da cidade. A casa até que era bonita. – Pigarreou.

Diana estava impaciente.

– Conte!

– Está bem – prosseguiu. – Uma noite ela deixou as janelas e as portas abertas e adivinha o que entrou?

Diana parou para pensar um pouco.

– Morcegos?

– Talvez dois ou três. – James olhou para o teto. – Cobras. Várias delas. E, como nossa tia tinha pavor desses répteis, tivemos de expulsá-las dali. Pronto.

– Assim não vale. – Dulce largou a louça na pia e cruzou os braços. – Você deixou de fora o principal!

– E como as tirou da casa? – Diana questionou.

– Isso é o principal. – Dulce deu um sorriso maroto.

James ousou se levantar da cadeira.

– Nem pensar – as duas disseram em uníssono.

– Sem descanso para mim, não é?

– Isso – disse a empregada.

Ele arquejou.

– Nós nos agachamos e pisoteamos o chão enquanto gritávamos "sai daqui!".

As bochechas do rapaz ficaram coradas. Diana notou que ele ficou meio sem jeito.

– Seu segredo está guardado a quatro chaves.
– Não seria a sete chaves? – a empregada questionou.
– Não – James explicou. – No século XIII, em Portugal, artefatos valiosos como documentos e chaves eram guardados em uma espécie de baú que só podia ser aberto por quatro chaves diferentes. – Tomou fôlego. – Cada uma delas era entregue para uma pessoa bem importante, na época, e de confiança.

Diana o interrompeu.

– E só na presença dessas quatro pessoas juntas o baú poderia ser aberto.

Dulce arregalou os olhos.

– Interessante. – Terminou de lavar a louça de James. – E por que o pessoal diz que é a sete chaves, se o certo são quatro?

James continuou a explanar, levantando-se da cadeira e se dirigindo à sala de estar.

– Porque o número sete é místico, religioso, por aí.

Enquanto o rapaz seguia em direção à sala de estar, Missy resolveu visitá-los.

– Ei, gatinha!

Dulce se agachou, estendendo seus braços na direção da bichana.

– Ela já está mimada demais – Diana alertou.

Dulce balançou negativamente a cabeça.

– Discordo. – Afagou a gata, que se deitava no chão de barriga para cima.

– É porque ela te conhece há pouco tempo. – Diana sorriu.

– Ela se parece muito com o meu Snow – a empregada disse de maneira sutil.

– Você também tem um gato? – Diana perguntou.

Dulce fez que sim com a cabeça.

– Snow era um gatinho muito magro. Encontrei-o no meio da estrada. Estava sem sua família e sem proteção. Quando eu vi seus olhinhos pretos e amendoados, naquele momento eu soube que ele havia me escolhido. – Seus olhos estavam marejados.
Diana sorriu.
– Que gesto louvável. – Fez uma pausa. – E como ele é?
– Ele tem pelos curtos e negros, olhos parecidos com jabuticabas e é bastante calmo, se bem que ele é mais independente, sabe?
– Ah, ele não gosta muito de carinho – concluiu.
– Isso. Snow até deixa eu coçar sua barriga e acariciar o seu pelo...
James interrompeu a conversa.
– Estou te esperando para outra reunião. – Ele apontou com o dedo polegar para a sala.
– Mais uma. E eu nem curti este banquete. Que chato – queixou-se para Dulce.
– Eu ouvi! – disse James. Sua voz vinha da sala.
Mais uma reunião. Diana imaginava que seus problemas seriam resolvidos de uma maneira mais rápida, mas só lhe restava esperar uma luz. James e Thomas ainda não haviam feito nenhum progresso.
Levantou-se e deu um breve aceno para Dulce. Desta vez, ela preferiu ficar na cozinha.
– É uma oração cujo sentido é vago – Thomas concluiu.
– Muito vago – ratificou as palavras do irmão.
Ela se dirigiu à sala. Diana ficou de pé para observar a conversa e notou a fisionomia cansada de Thomas. James também parecia esgotado.
Os três só queriam um intervalo. Havia muitos livros para serem levados em consideração. Phillip deixara um enigma e tanto nas mãos deles.

Não era mais fácil dizer logo a resposta?, Diana se indagou. Mas talvez o senhor Phillip não pudesse, talvez por alguém tê-lo impedido de ajudá-los.

– O que você acha disso? – Thomas aproximou um livro aberto de Diana.

A garota viu algo escrito a caneta.

– O que você vê no espelho? – balbuciou. – Nem notei esta frase antes.

– Isso. – Ele balançou positivamente a cabeça.

A jovem franziu a testa.

– Um reflexo? – respondeu com um tom de dúvida.

James se intrometeu, levantando-se da poltrona.

– Não brinca.

Suas palavras soaram ainda mais irônicas quando o rapaz levou sua cabeça para trás.

– Ela está tentando ajudar – Thomas o repreendeu.

Diana permaneceu calada. Sentou-se ao lado de Thomas.

– Eu sei – disse James, sereno. – Foi mal.

A garota arriscou um palpite.

– Talvez... essa frase tenha ligação com aquelas palavras recorrentes. – Olhou para James.

Ele fez que sim com a cabeça.

– Ah, sim, "chave" e "espelho".

– Vocês lembram se esta frase apareceu em outros livros? – Fez uma pausa. – Ou só neste?

– Não, Diana. Ela apareceu também em outros dois livros. – Thomas suspirou.

– Então devemos considerá-la como sendo algo importante – ela concluiu.

– Assim como as duas palavras – James complementou.

Phillip encontrara um ótimo jeito de chamar a atenção de qualquer leitor para aquelas palavras, escrevendo-as em vários livros.

Eles raciocinaram por um longo período enquanto a gata de Diana espiava as diversas caretas de Thomas.

James fez uma suposição.

– Um espelho é a chave?

– Pode ser – disse Diana.

Thomas discordou.

– É muito simples para ser isso mesmo.

A garota se levantou do sofá. Enquanto isso, Missy aproveitou para se deitar no colo de Thomas.

– Vá, mas volte – James alertou.

A garota sorriu em sua direção. Subiu as escadas e andou a passos lentos pelo corredor. Ao chegar ao seu quarto, viu o colar de prata com o pingente azul em formato de coração. Ele tinha de ser mais que um simples colar. Thomas e James sabiam do seu valor, mas desconheciam sua função. Diana tinha de descobrir sua utilidade.

Sentou-se na cama ainda desarrumada. Pegou o colar em suas mãos para contemplá-lo. Aquela pedra – de aspecto semelhante a uma safira azul-escura – apresentava um significado importante. E este significado era mais uma incógnita a ser desvendada.

Largou o colar sobre a escrivaninha. A garota inspirou profundamente. Expirou. Precisava de auxílio.

Dulce apareceu em seu quarto.

– Vou colocar uma porção de ração no potinho. – Sorriu.

– Obrigada.

A empregada se afeiçoara àquela gata. Embora não fosse uma de suas obrigações, alimentar aquela bichana lhe parecia divertido.

Dulce saiu do quarto novamente, com seu andar ecoando por boa parte da casa.

Diana refletiu com cautela. Analisou novamente aquela frase.

– O que você vê no espelho? – balbuciou enquanto encarava o reflexo do seu rosto.

Ela imaginou que a resposta "eu" seria muito óbvia, afinal, Diana não só veria a própria imagem refletida no espelho como também todo o resto atrás dela. Logo, seria refletido no espelho quem estivesse ali na sua frente e também parte de um cômodo, o ambiente.

Foi em direção ao banheiro do segundo andar.

A decoração era leve e com pouca informação. As paredes tinham azulejos creme. O piso era de porcelanato branco e não se via nenhum tapete ali. A bancada da pia era de granito preto e, sobre ela, havia uma cuba branca quadrada. Já a torneira era feita de níquel escovado na cor preta.

Ao lado da cuba, havia um porta-sabonete líquido de resina branca e um conjunto de três velas aromáticas brancas; todas elas possuíam um laço preto feito de cetim.

Acima da bancada, fixo na parede, havia um espelho retangular cuja moldura era confeccionada com um mosaico de diversas cores: vermelho, cinza, preto, branco, laranja e até dourado.

Um pouco mais adiante, tinha um box de vidro temperado com uma ducha preta em formato retangular. O chão do interior do box tinha o mesmo mosaico presente na moldura do espelho.

O vaso sanitário branco ficava entre a bancada e o box, e o objeto mais simples do cômodo era a luminária branca: redonda e fixa no teto.

Diana suspirou. Cerrou seus olhos antes de parar em frente ao espelho. Abriu a torneira e, com a palma das mãos virada para cima, deixou a água gelada se depositar ali. Em seguida, jogou-a em seu rosto.

Olhou-se no espelho e foi quando se deu conta de que havia descoberto a charada deixada por Phillip. Ainda com o rosto encharcado, correu em direção aos degraus da escada.

– Descobri! – a garota exclamou com uma voz fina.

Perplexo, James olhou para ela.

– Sério? – Ele arqueou as sobrancelhas.

– Isso é ótimo, conte-nos. – Thomas sorriu.

Diana se sentou no sofá. Olhava a expressão atônita de Thomas.

– O nosso problema foi pensar apenas no reflexo do espelho. – Fez uma pausa. – Ficamos restringidos a isso!

– Eu estou sem entender nada – James disse aborrecido.

– O que a gente vê quando olha para um espelho? – a garota perguntou para o rapaz.

– Um reflex... – Ao olhar a expressão de reprovação da garota, ele consertou. – Nós mesmos e o que há atrás da gente, seja lá o que for. – Arregalou seus olhos castanhos. – É isso?

– Acertou.

– E isso tem a ver com o quê? – Thomas interferiu.

Diana se explicou melhor:

– Tem a ver com a existência de outro lugar. Ainda não faço a menor ideia de onde fica esse lugar, mas sei de uma coisa: há uma passagem para um outro mundo através de um espelho.

– Nossa – disse Thomas.

Diana continuou:

– Agora é só acrescentar aquelas palavras recorrentes: chave e espelho.

James estava boquiaberto.

– Não pode ser verdade... – Ergueu suas mãos para cima de maneira brusca.

Ela fez que sim com a cabeça.

– Agora me digam... Isso faz algum sentido para vocês ou eu estou à beira da loucura? – a jovem perguntou em um tom preocupado.

– Na verdade, faz sentido. – Thomas coçou a cabeça. – Eu li algo sobre um mito envolvendo um espelho, faz muito tempo. Sei o que é e conheço alguém inteligente o bastante para saber o paradeiro desse espelho, ou melhor, desse portal. E este alguém é o Marlon. – Olhou para o irmão.

Diana compreendera o propósito da frase escrita pelo senhor Phillip. Eles tinham de ir em busca de um outro mundo, cuja entrada se daria através de um espelho. Só restava saber se o espelho que dava passagem a esse caminho era real.

– O Espelho das Almas é apenas uma história – James disse.

– História? – Thomas exaltou-se. – Assim como os colares em formato de coração também eram! E você já viu mais de um!

James contestou:

– Mesmo se for real, não podemos atravessá-lo sem que o espelho nos aceite primeiro, e você lembra como o espelho aceita ou não a entrada de alguém?

Ele respondeu à pergunta de uma maneira branda:

– Esse alguém precisa ter uma chave – Thomas disse em volume baixo.

A jovem se lembrou do dia em que conversara com o senhor Phillip na livraria.

– Esperem. – Diana fez uma pausa. – E quanto ao colar? Ele pode ser a chave, não?

– Se não estou enganado, o colar tem relação com o espelho de alguma forma. – James suspirou.

– A utilidade do colar nunca foi descoberta, mas Marlon certamente sabe da história por trás desse objeto – Thomas disse, sóbrio. – Agora tudo faz sentido. O colar entregue a você durante o seu sonho pode ser uma chave.

CAPÍTULO VI
O mistério do Espelho das Almas

Depois de terem esgotado parte de suas energias, James e Thomas se retiraram da sala.

Diana ainda continuava lá, pois sua reflexão sobre o espelho estava longe de terminar antes de tomar seu café da manhã.

Dulce se aproximou.

– E então, como foi?

– Fizemos progresso – disse em um tom de desânimo.

A empregada andou a passos largos em direção à cozinha ao perceber a presença de Thomas ao seu lado.

– Precisamos conversar – disse o rapaz.

– Essas são as duas palavras que as pessoas mais temem – Diana concluiu.

Ao ver a expressão impaciente do homem, ela se calou. Ele se sentou à sua frente.

– James está irredutível – reclamou.

Diana sentiu o desalento de Thomas a atingir também.

– Sem o Marlon, ficaremos impotentes! – exclamou em um tom de indignação.

– Meu irmão está preso ao passado. James e Marlon tiveram uma discussão bem feia há alguns anos e, desde então, romperam os laços de amizade.

– Entendo. – Acenou com a cabeça. – Estou longe de querer parecer egoísta, mas...

O rapaz a interrompeu.

– O seu problema vem primeiro. E ele também é de interesse do Marlon.

As palavras de Thomas despertaram sua sede por respostas.

– Posso saber por quê?

Ele fez que sim com a cabeça.

– Sim – disse lentamente. – Porque Marlon foi uma das únicas pessoas a ir atrás das insígnias.

Ela arregalou os olhos.

– E, graças a ele, elas estão reunidas – complementou.

– E a mim também. – Fez uma pausa. – Eu achei uma.

– E o James?

– Nenhuma. – Riu.

Diana esboçou um sorriso tímido.

– Tente convencê-lo do contrário. – Curvou-se para a frente e pegou nas mãos de Thomas, que estavam estendidas em sua direção.

– Ele é teimoso. – Arqueou as sobrancelhas. – Mas eu sou o rei da teimosia.

Diana soltou as mãos do rapaz.

– Boa sorte. – Levantou-se do sofá. Estava exausta. Seus pés se arrastavam no chão em direção à cozinha.

– Agora, sim. – Dulce acenou com a cabeça ao sorrir para a garota. – Prove minha torta de limão.

Ao colocar um prato sobre a mesa, Diana se sentou e foi servida por Dulce.

– Que fatia grande!
– Assim como a sua fome. – Franziu a testa.
Diana concordou ao acenar de forma positiva para a mulher.
– E estes salgadinhos?
– Fritos há poucos minutos. – Pausou sua fala. – Fiz para você – disse animada.
Diana deu uma mordida em um deles. Estavam crocantes e saborosos.
– O tempero está muito bom – falou enquanto mastigava. – Esta é a famosa torta de maçã?
– De novo. James queria mais uma. – Suspirou antes de mudar de assunto. – Ele não está nada contente.
Diana parou de mastigar.
– Imagino. – Engoliu a comida em sua boca. – O que houve entre os dois foi algo muito grave?
– Pelo que sei, uma pessoa morreu por falta de cautela do Marlon, e James o culpa por isso.
Dulce terminou de lavar o restante da louça. Ela agora embalava os sanduíches cuidadosamente.
– Vou guardar para depois. – Virou-se para Diana. – Tome um copo de suco de morango. Ainda está bom.
– Obrigada – agradeceu quando Dulce entregou-lhe um copo com a bebida e continuou a comer. Bastaram poucos minutos para estar saciada.
– Tchau, Diana. A gente se vê amanhã.
– Dê um beijo no Snow. – Sorriu.
Dulce retribuiu o sorriso, saindo da cozinha às pressas.
Sozinha, Diana pensou sobre o colar e o espelho. Quando percebeu, haviam-se passado duas horas.
James entrou na cozinha.
– Ainda está aí? – ele questionou.
Diana pôs seus cotovelos em cima da mesa.

– O tempo passou voando – comentou ela.
– É – suspirou, sentando-se ao seu lado.
– Está aqui para me convencer do contrário... – Diana fez uma pausa. – Não está?

James balançou a cabeça.
– Marlon é muitas coisas. – Arqueou as sobrancelhas grossas ao olhar para a mesa de granito. – E cauteloso...

Diana interrompeu sua fala:
– Não é uma delas – completou. – Mas às vezes temos que correr riscos. Você pode apostar que eu não quis nada disso, e olha onde eu estou – disse em um tom dramático, elevando sua voz. – Aqui, escondida de tudo e de todos.

Ele continuou calado por quase um minuto.
– Tentarei reconsiderar a ideia de visitá-lo. – Levantou-se da cadeira. – Ah, ouvi o seu celular tocar há dez minutos, mais ou menos.

A garota também se levantou.

James se dirigia em direção à porta da entrada. Talvez tivesse outros compromissos, mas saiu de casa sem levar a carteira.

Diana estranhou a atitude. Esticou os braços para cima e, após se alongar, subiu as escadas.

– Thomas?

Diana chamou o rapaz, mas ninguém respondeu.

Foi até o quarto e pegou o telefone de cima da escrivaninha. Sua mãe havia ligado.

Diana retornou a ligação depois de se sentar na beira da cama.

– Mãe, está ocupada?

Greta respondeu-lhe de uma maneira bem formal.
– Eu posso falar por uns dois minutinhos. Como você está, meu amor?

– Estou bem.

– E a Missy?
– Ainda mais mimada. – Diana riu.
A garota pensou ter ouvido risos do outro lado da linha.
– E quais são aquelas três palavras?
– Eu te avisei – Diana disse lentamente e em um tom áspero.
– Isso mesmo, filha. Senhor Hills? – Fez uma pausa. – Investidor chegando. Beijos! – disse aos sussurros.
Greta encerrou a ligação. Diana suspirou por ter dado tudo certo, afinal, seria uma péssima ideia deixar escapar qualquer informação sobre o colar ou, pior, sobre a mudança de casa.
– Tudo em cima? – Thomas arregalou os olhos no mesmo momento em que arqueava as sobrancelhas.
Ele a espiava da porta do quarto.
Sem olhar em sua direção, ela apenas respondeu em um tom de contentamento:
– Sim, como deveria estar. – Virou-se para ele. – Entre.
Ele deu alguns passos e preferiu ficar em pé desta vez.
– Sua mãe perguntou algo comprometedor? – Suas palavras foram ditas sem pressa, mas a garota sentiu sua preocupação transbordar.
– Para a nossa sorte, não.
– Ufa! – disse aliviado. – Vou ver uma série de terror, a preferida do James. Se quiser se juntar ao Thomas aqui – apontou seus dedos indicadores para si mesmo –, é só ir para a sala. Sua gata está lá tirando uma pestana no sofá.
Diana riu.
– Pestana? Sério isso? – Sua voz saiu fina demais. – Alguém mais fala desse jeito?
– Qual é, garota? Isso já esteve na moda.
– Esteve. Não está mais. – Torceu a boca.

O sorriso de Thomas pareceu forçado. Ele cantarolava enquanto descia as escadas.

Sem ter nada em mente, Diana cogitou a hipótese de fazer companhia aos dois, contudo decidiu primeiro anotar no arquivo do notebook o seu fervor por uma viagem em particular: a ida à casa de Marlon.

Estava ciente das provações no relacionamento de James e Marlon, e este empecilho poderia transformar sua esperança de encontrá-lo em cinzas.

Diana se levantou. Caminhou pelo corredor e desceu as escadas.

– Apareceu a margarida! – Thomas usou seu tom de deboche. Estava sentado em uma das poltronas da sala de estar.

Diana deu um sorriso amarelo e sentou-se no sofá.

– Espere... É uma maratona?

A garota se espantou com a quantidade de episódios, mas o homem parecia entusiasmado.

– É... Se esparrame aí, porque você está prestes a assistir a incansáveis doze episódios.

Ajeitou-se no sofá.

– Incansáveis? – Esganiçou. – Tem certeza?

– Ah, sim.

– Ah, não – balbuciou a garota.

O rapaz aumentou o volume da televisão, alegando:

– Para criar mais suspense. – Sorriu para a televisão. – Um lanchinho iria bem agora, não?

– Eu vou lá pegar os salgadinhos e uns pedaços de torta. – Diana se levantou do sofá.

– Não, não. Fique aí. – Correu para a cozinha. – Grite se tiver uma cena importante! – exclamou.

Seus passos apressados acordaram a gata. Missy soltou um miado curto e fino.

– Volte a dormir, gatinha – Diana sussurrou.

Poucos minutos depois, Thomas apareceu com uma bandeja de madeira e, sobre ela, dois pratos com os salgadinhos fritos por Dulce, pedaços de torta e dois copos repletos até a boca de suco de morango.

– Essa não, os talheres! – disse desanimado.

– A gente come com a mão mesmo. – Pegou a bandeja com ele e a colocou na mesa de centro redonda.

– Creio que James está começando a gostar de você. Ele odeia gente mimada – disse enquanto pegava seu prato na mão.

– Legal. – Diana deu uma mordida no pedaço de torta de limão.

Seus bocejos passaram despercebidos pelo rapaz. Sua atenção estava voltada à tela da televisão.

Missy se acostumou com os gritos.

– Quanto sangue, hein? – Virou-se para Diana.

– Parece mais com molho de tomate – retificou as palavras dele aos risos.

– Verdade.

James retornou à casa ao entardecer.

– Avistou algum? – Thomas perguntou ao irmão.

– Algum o quê? – questionou Diana.

– MR. – Thomas respondeu. – Ou, como o meu irmão prefere chamá-los, zumbis.

James se intrometeu.

– Está errado chamá-los de MR, Thomas. – Balançou a cabeça. – São zumbis e ponto-final.

– Minha nossa – disse Thomas, olhando para o teto enquanto revirava os olhos negros.

– E mortos que voltam à vida são...? – James questionou.

– Esquece.

Diana viu o rapaz subir as escadas com raiva, e Thomas virou-se para ela.

– Ele é um pouco temperamental. – Torceu a boca.

Horas e horas se passaram.

– O último episódio – queixou-se o rapaz.

– Que bom – balbuciou Diana.

James reapareceu na sala.

– A Dulce ligou?

– Não – Thomas respondeu enquanto conferia o celular. – Mas deixou uma mensagem. Está tudo bem.

James subiu as escadas, e a garota ficou curiosa. *Por que Dulce deveria avisá-los de que está bem?*, questionou-se.

– Melhor você ir dormir – sussurrou Thomas espiando o irmão, que ainda subia as escadas. – Vou mexer os meus pauzinhos para irmos até a casa do Marlon. E, se dermos sorte, amanhã faremos a visita.

Ela fez que sim com a cabeça. Subiu as escadas e viu que a porta do quarto de James estava semiaberta. Deu uma espiada pela fresta.

Em suas mãos, James segurava um álbum de fotografias. O rapaz, agora sentado na beirada da cama, contemplava as fotos com um ar de ternura.

O quarto dele era praticamente igual ao da garota, exceto a parte do lustre – que se resumia a uma luminária redonda e prateada – e da escrivaninha: nenhum abajur sobre ela, apenas alguns livros. Havia também duas estantes brancas de madeira, que abrigavam centenas de livros, julgou Diana.

Ela seguiu em direção ao banheiro. Após tomar um banho, dirigiu-se ao seu quarto. Desta vez, nada de pijama de palhaço. Agora com a temperatura um pouco mais quente, preferiu vestir uma camisola verde-água cujo comprimento ia até os joelhos.

A gata apareceu do lado da porta.
– Venha, menina! – disse Diana em um tom amoroso.
Missy subiu na cama e se deitou também. A última imagem captada por seus olhos foi a dos olhinhos amendoados da gata fitando-a com delicadeza.
Diana adormeceu. Seus sonhos a levaram para uma terra distante. Muito distante.
O cenário era de tirar o fôlego: o céu completamente azul, sem nenhuma nuvem. Ela andava sobre um gramado extenso, semelhante a uma savana. As árvores eram esparsas.
Viu-se com um vestido longo de poá. Ele tinha rendas nas mangas e bainha. Era branco e com pequenas bolinhas azuis. Seus cabelos estavam presos em uma trança francesa.
Diana carregava uma cesta de palha de uns quarenta centímetros de largura, coberta por um manto vermelho. Ela desconhecia seu conteúdo.
Descalça, a jovem caminhava a esmo. Poucos instantes depois, sentiu algumas leves pancadas vindas da cesta. O que estava lá dentro queria sair.
Ainda sem tirar o manto, Diana reparou em algumas penas longas de pássaro, de coloração laranja, saindo das fissuras da cesta. Elas se mexiam sem parar.
A garota parou por um instante. Em seguida, olhou para o céu ainda sem nuvens. Pousou a cesta no gramado, agachou-se e, com cautela, tirou devagar o manto vermelho. Contudo, antes de conseguir espiar o interior da cesta, seu conteúdo pegou fogo.
– O quê? – disse surpresa. – Não!
O dia rapidamente virou noite. E o sonho, pesadelo.
Diana sentiu um calor percorrer pelo braço que antes segurava a cesta. Raízes retorcidas eivadas de fogo saíram daquele objeto e se entrelaçaram em seu punho

direito. Tentou arrancá-las com a outra mão, mas não obteve sucesso.

Ela soltou um grito.

– Diana, vamos – disse Thomas, sacudindo de leve o braço da jovem. – Precisamos falar com o Marlon.

A garota despertou daquele pesadelo. Os batimentos de seu coração estavam acelerados.

– James concordou? – Ela esfregou os olhos.

– Sim – cochichou. – Ande logo.

O rapaz saiu às pressas do quarto. A garota escutou seus passos ecoarem por todo o perímetro da casa.

CAPÍTULO VII
O aviso inesperado

Diana pôs um vestido longo azul-petróleo, calçou alpargatas brancas e colocou o colar que recebera em seus sonhos no seu pescoço. Quanto aos irmãos, pareciam ter combinado suas vestimentas: ambos usavam calças jeans com camisas brancas, porém estavam diferentes em um aspecto: seus calçados. James estava de tênis brancos e Thomas, de alpargatas marrons.

Eles dispensaram o café da manhã feito por Dulce a fim de pegar a estrada mais cedo. Thomas detestou ter de sair de casa rumo a uma viagem longa sem antes provar a deliciosa refeição preparada pelas mãos habilidosas da empregada, porém havia alguém com um ânimo pior que o dele: James.

– Temos a certeza de que ele sabe algo sobre o Espelho das Almas... – balbuciou.

Os três estavam a caminho. James dirigia o mais rápido possível e escapava por pouco de pegar uma multa por excesso de velocidade. Em algumas horas, chegaram ao seu destino.

Quando saíram do esportivo amarelo, Diana estava apreensiva. James deu algumas batidas à porta.

– Em que posso ajud... – Marlon perdeu a fala. Seu rosto ficou sério no mesmo instante em que viu os de James e Thomas.

Ele era um rapaz alto e muito bonito. Seus olhos eram pequenos e castanhos, os cabelos levemente ondulados. Com pouca barba, tinha um físico em forma. Vestia calça jeans e uma regata azul-clara.

O coração de Diana bateu ainda mais forte ao ver que Marlon possuía um colar igual ao dela.

– Olá, Marlon, meu nome é Diana. – Estendeu sua mão. O rapaz a apertou. – Prazer em conhecê-lo.

– O prazer é meu. – Olhou para James.

– Você tem esse colar há quanto tempo? – Diana questionou.

Uma rajada de vento espalhou os cabelos da garota. Uma mecha repousou em seu rosto.

– Só a receberei se vocês dois saírem daqui. Principalmente você, James – vociferou. – Direi tudo o que ela precisa saber, mas...

– Pelo menos me deixe entrar – Thomas antecipou-se.

Marlon reconsiderou, acenando com a cabeça para ele, enquanto fechava a porta depois de os dois entrarem na casa. James ficou do lado de fora.

– Sentem-se. – Indicou o sofá de veludo branco enquanto se sentava em uma poltrona de couro vermelho.

– Obrigada – disse a garota.

– Não são muitas pessoas que têm a permissão de usá-lo. – Apontou para o pescoço de Diana. – Como o conseguiu?

Diana disse em um só fôlego:

– Por meio de um sonho. Alguém pedia socorro. Fui atrás para saber quem era, mas só encontrei o colar.

— Como previsto, mas igualmente estranho — Marlon concluiu.

A casa era grande e com muitos objetos antigos. As cortinas estavam parcialmente abertas. Havia estantes com centenas de livros, um sofá de veludo branco e uma mesa de centro entre as poltronas de couro vermelhas; ela abrigava alguns jornais antigos e um copo de uísque vazio. Um relógio de chão feito de madeira ficava em um dos cantos. Seus pêndulos emitiam um barulho irritante.

Um lustre enorme de ferro, com centenas de cristais pendurados em formato de gotas, estava bem acima da mesa de centro. O piso era de madeira, adornado por um tapete persa. Algumas mesas e estantes de madeira mais distantes continham uma série de redomas que guardavam substâncias esquisitas; outras, animais mortos conservados em formol.

— É a Mimi? — Thomas questionou ao olhar para uma delas.

— Sim. Ela morreu há alguns meses — disse Marlon. — Era a minha cobra de estimação. — Olhou para Diana.

Ela levou um susto ao notar o timbre da voz do rapaz, idêntico ao que escutara em seu sonho. *Seria mesmo Marlon pedindo ajuda?*, pensou. Suas pernas estremeceram. Ela estava desligada a ponto de não perceber os chamados de Thomas:

— Terra para Diana... Diana? — Ele abanava o rosto da garota. — Tudo ok?

Ela respondeu às pressas:

— Sim. — Fez uma pausa, dirigindo-se a Marlon. — O que ele significa? — Tocou em seu colar.

— Alguém lhe entregou uma chave — o homem respondeu. — Parece um simples colar, mas está longe de ser apenas isso.

A garota engoliu em seco. Refletiu novamente sobre o seu sonho. Só podia ter sido Marlon o rapaz encarregado de lhe entregar o colar e, por alguma razão desconhecida, ele preferia não tocar no assunto.

– Por que tudo não pode ser simples? – Thomas indignou-se. Os dois se viraram para ele. – Poderia ser só um colar e valer uma fortuna, mas não.

Diana e Marlon riram, porém as risadas foram interrompidas por algo inesperado.

O corpo de Diana foi tocado pelo pânico.

O lustre de cristal despencou, liberando um barulho estridente terrível. Uma série de cristais se quebrou quando atingiu o chão e a outra parte, quando se estatelou na mesa de centro.

– Esse treco caiu do nada! – Thomas exclamou. – Você deveria escolher melhor a pessoa que contrata para instalar seus lustres! – Apontou o dedo indicador para o rapaz. – Meu coração está a mil, cara!

Marlon estava distraído. Ele fitou os cristais quebrados, os quais ainda refletiam a pouca luz que ali havia.

– O que foi isso? – Diana perguntou ao rapaz.

– Não sei, mas pode ter sido um aviso. – Pausou sua fala. – Tenho certeza de que não foi coincidência.

Thomas suspirou.

– Aviso? – Exaltou-se. – Você viu coisas estranhas ultimamente? – disse enquanto observava Marlon ir à cozinha e voltar rapidamente com uma vassoura e uma pá, para recolher os cacos do chão.

– Não quero ser rude, mas é melhor vocês irem embora agora! – Marlon encarou o rosto de Diana. Suas palavras foram ditas em um tom áspero.

Thomas anunciou sua saída.

— Fui um tolo ao insistir em visitá-lo. Achamos que podíamos contar com você, ainda mais sendo o guardião do espelho. — Levantou-se do sofá ao mesmo tempo em que ajeitava sua camisa.

Diana permanecia sentada. Thomas sabia que aquele espelho realmente existia.

— Você é o guardião do Espelho das Almas? Então ele realmente existe? — disse perplexa e comprimiu os lábios. — Se eu tenho um colar igual ao seu, eu sou uma guardiã também?

O amigo deu de ombros enquanto Marlon relutava em explicar:

— Ãhn...

— Talvez você esteja certo, Thomas. — A garota se levantou do sofá. Marlon permanecia quieto. — Perdemos um tempo do qual não dispomos. Vamos.

Mas o rapaz se manifestou ao ver a jovem indo ao encontro de Thomas.

— Espere. — Levantou-se. Marlon cerrou seus olhos e suspirou. Abriu-os logo em seguida. — Você pode ir, Thomas. Preciso falar com ela em particular, há coisas que somente ela deverá saber.

Com raiva do rapaz, ele acenou com a cabeça e saiu da casa.

A garota se sentou novamente no sofá, mesmo sem convite. Queria uma fatia generosa da sabedoria daquele homem.

Uma tempestade se aproximava. Relâmpagos iriam despencar do céu a qualquer momento. O tempo estava instável, assim como a calma da garota. Aquela agonia tinha de acabar.

A cada segundo, a ansiedade de Diana aumentava e o som dos pêndulos daquele relógio de chão a perturbava ainda mais. Seus pés estavam inquietos. A garota os balançava sem parar.

Marlon se sentou à sua frente.

– Vejamos... – disse ao olhar para o relógio. – Eu lhe devo muitas explicações, porém, antes de eu continuar, prometa-me uma coisa: se acontecer algo de estranho, por esses dias, você irá me contar. E, se eu mandar você atravessar o espelho, você o atravessará. – Marlon fixou seu olhar em Diana.

– São duas promessas! Prometerei só uma. – Vendo que seu rosto continuava sério e quase sem expressão, Diana prosseguiu. – Tudo bem, confio em você.

Marlon sorriu.

– Só mais um detalhe: James e Thomas não podem saber de nada disso.

– Tudo bem – Diana respondeu. – Tenho de confessar meu interesse nas insígnias. Thomas acha que elas têm ligação com o colar.

– E têm, mas primeiro terei de explicar o básico do básico: o que são essas insígnias e como elas surgiram. – Virou-se para Diana, omitindo a mais importante das insígnias – Existem cinco delas: a das Almas, a da Vida, a da Morte... – suspirou – e a da Fênix.

– E a história por trás delas? – insistiu.

– Cada uma tem a sua importância. A primeira, a Insígnia das Almas, foi criada há séculos, bem como as outras, mas o que a diferencia das demais é o fato de ela causar uma instabilidade em quem a usa. A pessoa fica perturbada, podendo enxergar algo além do normal ou ter visões através dos sonhos. Alguns M.R.s retornam a este mundo apenas com o poder dela. – Ajeitou-se no sofá. – Apenas uma pessoa bem controlada poderia lidar com ela.

– E esta insígnia é feita com quais materiais? – Diana o questionou.

– Prata e chumbo, basicamente. Nela, há o desenho da pena de uma ave, pois as aves podem alcançar o céu, que representa o seu limite e o das almas também. Simboliza a leveza, mas, ao mesmo tempo, a falta de controle. A cor prateada é predominante nesta insígnia.

– Elas têm poder mesmo? – disse, interrompendo seu discurso.

– Sim, desde que a pessoa certa as use – Marlon explicou.

– E quanto às outras?

– A Insígnia da Vida representa a vida por meio do sangue. É um colar com uma pedra bordô, redonda, sem beleza nenhuma, mas de extrema importância. A pessoa que a usa tende a ficar mais segura, pois ela oferece proteção ao corpo. Seu miolo é feito de rubi e as bordas são de ouro branco.

– Deve ser valiosa. Você tem medo de alguma?

– Sim. Temo a Insígnia da Morte.

– Também, com esse nome... – Diana o interrompeu. – Conte-me sobre ela.

– É a mais bela, na minha opinião. Ela foi feita de diamante negro e, ao seu redor, há cristais. Mesmo parecendo inofensiva, ela pode atrair o mal e acabar matando o seu possuidor, mas só se a pessoa detentora da insígnia for instável. Ela representa o poder da morte.

– Realmente é a mais bonita – concordou. – Se não estou enganada, ela tem um desenho.

– O olho de Hórus ou *Udyat*, sim. O seu criador parecia admirar a cultura egípcia. O povo egípcio utilizava este símbolo para afastar o perigo, doenças e coisas ruins. Este olho bem desenhado era uma junção da visão do falcão com o olho humano.

– E a próxima...? – Arqueou as sobrancelhas.

– A Insígnia da Fênix. É a mais graciosa: composta de ouro amarelo, citrino e esmeralda, tem função de auxiliar na busca de pessoas desaparecidas ou de respostas. Ela tem o desenho de uma Fênix, o pássaro da mitologia grega que renascia das cinzas. Por causa disso, transformaram-na no símbolo da imortalidade e do renascimento espiritual. Simboliza a esperança e a continuidade da vida após a morte. Os egípcios a tinham por *Bennu*, ligada à estrela *Sótis*, mas, ao mesmo tempo, era como se ela fosse o Sol, o qual morria à noite e renascia pela manhã. Esta insígnia tem suas bordas cobertas de esmeralda e o citrino preenche o resto. No meio, há a figura da Fênix feita de ouro. A esmeralda dá uma pequena coloração esverdeada aos citrinos, os quais simbolizam a cura. Ela também dá energia a quem a usa. O verde transmite a ideia de esperança e tranquilidade, e o tom quente do ouro dá a noção de energia emanada pelo calor. É isso.

Diana refletiu por alguns instantes antes de questionar:

– Espere um instante. Você só me contou a história de quatro das cinco insígnias. Ainda falta mais uma. Ela ajudaria a restaurar a proteção para este mundo, não?

Marlon confirmou:

– Sim. Porventura você saberia qual é? – disse ao mesmo tempo em que arregalava seus olhos pequenos. Sua testa ficou franzida.

– Sério? Porventura? Gosto de vocabulários amplos, mas isso é exagero. – Diana riu. – E você? "Porventura" poderia me dizer o nome da referida insígnia?

– Insígnia do Tempo. – Sorriu. – Feita de jade branca e ônix, parece com a figura de um relógio. Seus ponteiros foram feitos de ônix, e o restante, da pedra branca. Quem

a detém nunca morre. Digamos que ela faz o relógio parar. O tempo para, tudo para.
– Incrível – disse entusiasmada. – Agora entendo o motivo pelo qual ela continua desaparecida.
– É, e sem ela temos muito a perder – Marlon disse sóbrio.
– Qual o pior cenário se ela nunca for encontrada?
Marlon encolheu as pernas e enfiou o dedo polegar entre o dedo indicador e o do meio nas duas mãos, com o intuito de simbolizar uma figa. Olhou para o teto desprovido de lustre.
– O mundo entrará em colapso e, pouco a pouco, o caos o dominará.
– Isso não pode acontecer. – Balançou a cabeça. – Quantas pessoas já receberam um colar igual ao meu? – Diana tocou naquela pedra azul.
– Muitas, bem mais do que imagina – Marlon respondeu.
Após parar para refletir sobre os possíveis desastres, a garota continuou:
– Marlon, com quem a Insígnia do Tempo pode estar? – Fez uma pausa ao passo que o rapaz a olhava com desinteresse. – Você suspeita de alguém?
Ele fez que sim com a cabeça.
– Minhas suspeitas são as piores. Uma dessas pessoas é um homem destemido e cruel: o criador de algumas das insígnias. E a outra, uma mulher com uma reputação medonha.
Ele olhou para o chão enquanto balançava a cabeça negativamente.
– E lá vai mais um cenário desanimador. – Ela comprimiu seus lábios.
Diana se atentou a outro assunto, talvez até mais digno de sua atenção do que saber com quem poderia estar a insígnia desaparecida.

— Há algo que está lhe perturbando? — Ele curvou-se na direção da garota.

— Sim.

— E tem a ver com as insígnias? — Marlon cruzou seus braços.

— Não. — Suspirou. — É um sonho que anda me incomodando há um tempo.

— Sonhos... Isso não é bom, garota. — Suas palavras o denunciaram. Marlon estava ainda mais apreensivo. — Então... se não é sobre alguma insígnia, tem a ver com o quê?

Ela precisava saber se realmente fora Marlon quem lhe entregara o colar, então prosseguiu com seus questionamentos de forma bem sorrateira:

— Com o colar. — Fez uma pausa antes de prosseguir. — Eu lhe contei sobre a forma como o recebi.

— Em um sonho — completou.

— Ele foi entregue a mim de uma forma esquisita. — Franziu a testa.

— Achou-o no chão? — Marlon questionou.

— Sim.

— É normal achá-lo no chão — disse calmamente.

Diana se sentiu mais aliviada para prosseguir.

— E se o colar tivesse mudado de cor rapidamente?

— Vejamos. — Fez uma pausa. — De azul para... — Ele cerrou seus olhos castanhos e pequenos.

Diana completou:

— Laranja. Um laranja bem vivo, sabe?

Marlon pareceu surpreso.

— Nunca ouvi falar sobre mudanças na cor da pedra desta chave. — Arqueou as sobrancelhas. — A minha sempre permaneceu azul e, mesmo em um sonho, é algo muito sério a se pensar, por isso vou ver se descubro algo semelhante nas cartas dos antigos guardiões do espelho. – Suspirou. – Algo mais?

A garota fez que sim com a cabeça e, agora nada sorrateira, questionou o rapaz no tocante à pessoa que lhe entregara a chave para o espelho.

– Escutei um grito quando o peguei do chão. – Encarou-o. – Era de uma voz masculina. Você imagina quem entregou a chave para mim?

– Apenas o atual guardião do Espelho das Almas, no caso eu, poderia tê-la entregue a você. – Deu de ombros. Diana o fitava com o olhar de dúvida. – E como eu não lhe entreguei nada...

Diana o interrompeu.

– Quem pode ter sido?

Marlon, após muito ponderar sobre o assunto, continuou:

– Alguém com intenções bem obscuras.

CAPÍTULO VIII

As cinco insígnias

Diana refletiu por um tempo considerável antes de prosseguir:

– Você descreveu as insígnias numa ordem específica?

Ele fez que sim com a cabeça.

– Sim, Diana. Na ordem em que elas foram criadas. Vou resumir o porquê desta ordem ser a mais importante – disse Marlon agora caminhando pela sala, claramente incomodado por um motivo que Diana desconhecia.

A jovem sentiu uma melancolia no ar. Marlon parecia ter perdido parte de seu entusiasmo. Algo acontecera em seu passado, e isto estava claro. Claro como água cristalina.

Ela deixou de lado sua imaginação fértil para dar ouvidos ao rapaz.

– Bom, a Insígnia das Almas representava os espíritos que iriam ganhar um corpo, se assim posso dizer. E os que ganhavam um corpo acabavam precisando de uma outra insígnia: a Insígnia da Vida para esta se concretizar totalmente. Depois, logo precisaram criar outra, dando origem à morte, pois ninguém vive para sempre. E a última, a Insígnia da Fênix, a qual teoricamente possibilitava a ressurreição, seria responsável por uma outra vida após a morte. Embora de aspecto mitológico, essa história tem um fundo de verdade.

Diana ficou surpresa.

– Olha... – Ela suspirou. – Se tiver mesmo, por que então alguém criaria a Insígnia da Morte? Quero dizer, quem gostaria de morrer? A vida eterna é um desejo almejado por todos.

– Pode até ser. – Sentou-se na poltrona.

– Pode? – Diana fez uma pausa, arqueando as sobrancelhas.

– Nem sempre.

Diana argumentou:

– As pessoas fazem filmes sobre a vida eterna ao criarem histórias de vampiros detentores da imortalidade ou até mesmo elixires que proporcionam a vida eterna. Ninguém quer morrer, alguém que quisesse isso não estaria em plenas faculdades mentais. – Balançou a cabeça. – Ainda mais ao criar uma insígnia cujo poder seria o de tornar a morte possível.

Marlon esticou as pernas. Seus pés quase esbarraram na mesa de centro.

– Eu terei de contar a você toda a história. É mais complexa do que imagina – disse Marlon ao ver a expressão descrente da jovem.

Diana interrompeu o rapaz ao notar a falta de uma das insígnias na história contada por ele.

– Você deixou de mencionar a Insígnia do Tempo outra vez. Quando ela foi criada?

Marlon sorriu.

– Eu não a mencionei porque tudo o que se sabe sobre ela pode ser verdade... ou mentira. Ninguém tem conhecimento da sua criação e tudo o que eu lhe disse sobre ela são boatos, inclusive sobre o seu aspecto. Há alguns anos, em busca de cartas dos antigos guardiões do Espelho das Almas, encontrei acidentalmente um papel no qual alguém desenhara um colar. No canto inferior direito dele, estava escrito o seguinte: "Insígnia do Tempo, por Joe Bailey".

– Quem é Joe Bailey?

– Queria saber tudo sobre ele. – Espreguiçou-se enquanto fitava o rosto de Diana. – Mas sei pouca coisa sobre Bailey. Era um senhor careca, obeso, fascinado pela alquimia e usava roupas bem incomuns e chamativas em comparação às de sua época. Joe não tirava do pé seus chinelos barulhentos, irritava todos os membros de sua família com o barulho.

Diana começou a rir quando imaginou o som dos chinelos de Bailey.

– Bom, conte-me mais acerca das insígnias ou dos seus criadores.

– Vamos ver... – Comprimiu seus lábios. – Por onde começar? – Marlon tentou encontrar a melhor forma de explicar a suposta origem das insígnias, enquanto se acomodava no sofá. – Tudo começou com o advento da Insígnia das Almas e depois da Vida, que mantinha a vida eterna.

– Isso todos querem. Faça-me mudar de ideia. – Deu um sorriso maroto.

– E eu vou. – Retribuiu o sorriso antes de prosseguir. – Todos viviam em perfeita harmonia. Afinal, tinham sido presenteados com a vida eterna, podendo desfrutar de um mundo inteiro, cheio de aventuras que nunca teriam fim, mas isso mudou – disse em um tom de voz repleto de tristeza.

– Quem foi o responsável por esse desastre? E por que alguém faria isso? – esganiçou.

– Seu nome era Brian, um dos criadores das insígnias. Seus cabelos eram curtos, loiros e espetados. Tinha olhos castanhos e físico meio avantajado, pele bronzeada e baixa estatura. Ele era um exímio alquimista fascinado pelo poder.

– Não entendo. – Diana balançou a cabeça. – Se ele era tão apaixonado pela alquimia, então por que destruir o efeito daquela insígnia se o nirvana da alquimia seria a imortalidade?

– Havia uma paixão ainda maior em seu coração: Helen. Uma garota incrível. Seus longos cabelos eram lisos e negros. Tinha olhos azuis e um lindo sorriso, baixa estatura e, quando sorria, suas bochechas ficavam coradas, segundo incontáveis relatos de seu amado.

Diana impediu o rapaz de continuar:

– Você está me dizendo que ele desistiu de tudo por causa de uma mulher?

– Como eu disse, é mais complexo do que você possa imaginar. – Prosseguiu após girar sua cabeça para se alongar. – Ela morava perto do laboratório alquímico em que ele trabalhava. Brian tinha em torno de 25 anos de idade e era um *workaholic* de carteirinha. Seu amigo, Jasper, morava ao lado da casa do rapaz e o auxiliava todos os dias no trabalho.

– E como era esse Jasper? – Fez uma pausa. – Quero dizer, fisicamente? E a idade dele?

– Bom, ele tinha cabelos ondulados e negros até a altura dos ombros. A pele dele era ainda mais alva que a sua e seus olhos, negros e amendoados. Ele também tinha cerca de 25 anos de idade.

– E eles eram mesmo amigos? – Diana questionou ao guardião do espelho.

– Sim. – Fitou o chão. – E, enquanto Brian tentava encontrar algum poder nos elementos da natureza ao fazer elixires, Jasper saía em busca de ervas e elementos que pudessem auxiliá-los na busca pela magia. O que Brian não sabia era que Jasper se cansara de criar fórmulas para simples elixires. Ele agora almejava bem mais que isso: o controle do tempo. Acho que agora você sabe o final da história – constatou ao ver o espanto impregnado no rosto de Diana.

– De que lugares você coletou essas informações?

– De cartas, diários pessoais, anotações de fórmulas, retratos e por aí vai – disse sóbrio. – Com o passar dos dias, Brian se distanciava da árdua tarefa que ele mesmo se impusera e, sem saber, aproximava-se de seu fim: Helen. Suas semanas se esvaíam em procurar por ela, saber com quem ela andava, quais seus lugares preferidos... Enfim, o rapaz acabou por se separar de vez da alquimia.

– E Jasper?

– Parecia indiferente à decisão de Brian. Jasper era o oposto dele. Não demonstrava afeto por ninguém, pois nunca havia se apaixonado. Estava disposto a continuar seu trabalho completamente isolado e longe de qualquer distração, deixando de se importar com o filho pródigo da alquimia, que desistira de retornar ao seu local de trabalho. Enquanto isso, Brian estava obcecado por Helen, mas a garota se apaixonou perdidamente por outra pessoa e se casou.

– Brian deve ter ficado muito aborrecido – Diana constatou.

– Pior. Brian estava consumido pela loucura por não suportar o casamento de Helen e havia um único destino válido para ele: a morte.

– Não compreendo. A Insígnia da Morte ainda não tinha sido criada, certo? Então, como Brian poderia morrer se, até então, só existia a Insígnia das Almas e a Insígnia da Vida?

Marlon explicou:

– Jasper a criou antes de Brian morrer. Ele deu origem à Insígnia da Morte e a mais uma outra também. Explicarei isso mais adiante. As pessoas que quisessem morrer, no começo, até poderiam, mas somente se a morte fosse bem trágica.

Diana olhou Marlon com uma expressão de revolta.

– Quem traria a morte depois de alguém trazer a vida eterna? – disse boquiaberta.

– Pergunta errada. Em vez disso, você deveria se questionar qual seria a única coisa que faria com que as pessoas cometessem as maiores loucuras para conseguir.

– E seria...?

– O poder. – Marlon fez uma pausa dramática. – Jasper não era uma pessoa ruim, segundo Brian. Os dois eram amigos de verdade, mas ele criou essa insígnia sem saber o que ela traria.

– Espere. Ele a criou pelo poder ou... foi sem querer?

– É difícil de explicar. – Pigarreou. – Jasper sabia que aquela fórmula era perigosa, mas muito forte. Digamos que a curiosidade falou mais alto naquele momento, e o rapaz deu andamento à fabricação daquela insígnia.

– Ele soube da morte do melhor amigo? – Diana perguntou.

– Sim. Quando soube, Jasper nunca mais foi visto. Muitas pessoas, a partir deste acontecimento, começaram a adoecer e morrer logo em seguida, pelo enfraquecimento causado pela Insígnia da Morte.

– E Helen?

– Bom, mesmo após saber da história pelos vizinhos de Brian, Helen sustentou o casamento por mais algumas

décadas até seu amor pelo marido se esgotar por completo, depois de infinitas brigas e discussões sem sentido.
— E Helen soube do amor que Brian tinha por ela?
— Sim. Por volta dos 80 anos de idade, sua sede por respostas crescera e, enfim, a morte chegara para ela também. Helen se suicidou pouco depois do surgimento de uma outra insígnia. Ela tinha esperança de poder encontrar o espírito de Brian e saber se o que lhe disseram era verdade.
— Ela deve ter se sentido culpada, pois, se os dois alquimistas tivessem continuado a trabalhar juntos, Jasper...
Marlon a interrompeu:
— Não teria criado a insígnia... É bem provável. Brian sempre foi perspicaz.
— E quanto à próxima insígnia?
— A Insígnia da Fênix só trouxe azar — disse em um tom de desânimo.
— Mas essa insígnia simboliza...
O rapaz a interrompeu novamente:
— Você se lembra do que lhe contei sobre a estrela *Sótis*? Bom, outro alquimista criou a Insígnia da Fênix, e assim Helen e Brian puderam ressuscitar pelo poder dela.
— E por que isso é ruim? — Diana questionou.
— Porque, no mesmo dia, pouco depois de a insígnia estar pronta, foi quando Helen se suicidou. Brian voltou a viver de uma forma normal, mas ela não.
Diana franziu a testa.
— Como assim?
— Helen absorveu todo o poder da insígnia, porque foi a primeira pessoa a morrer após a criação dela. Logo, ela fazia o mesmo ritual do Sol: morria ao final do entardecer e renascia pela manhã.
Isso é mito, não?
O rapaz fez que não com a cabeça.

– É verdade, infelizmente.

– Então... – curvou-se em sua direção, atenuando seu tom de voz – ela ainda está viva?

– Este é um grande temor meu. – Ajeitou-se no sofá antes de prosseguir. – Helen voltava a ser jovem durante o dia, mas, quando o crepúsculo se aproximava, ela pegava fogo, virando cinzas. Logo, Helen era a própria Fênix, possuindo um ciclo de renascimento e morte, resumindo-se em cinzas até que...

Marlon hesitou.

– Até que... – Diana repetiu.

– Helen percebeu seu amor por Brian. Ela se declarou depois de meses e meses convivendo ao seu lado. Ao tomar coragem e se declarar para o rapaz, os dois se beijaram antes do final da tarde, dando fim à maldição da Fênix, mas Helen nunca mais renasceu.

– E eles viveram... felizes para sempre?

– Não. Além de deixar de renascer, Helen virou cinzas. O amor, o sentimento que dera origem àquilo, pôs fim àquele trágico destino. Ao perceber que sua amada nunca mais renasceria, Brian se jogou de um penhasco, pois viver sem Helen tinha deixado de ser uma opção.

Um pouco atordoada com o que Marlon lhe contava, Diana disse ao rapaz:

– Você tinha razão. É bem mais complicado do que eu imaginava.

Marlon disse em um tom de mistério:

– O poder da Fênix foi real. Eles passaram mesmo por essa situação. – Cruzou os braços. – Era um sacrifício, pois a dor de Brian era imensurável. Agora que você sabe sobre a origem de parte das insígnias, vou aprofundar seus conhecimentos sobre a Insígnia das Almas. Tem algo muito incomum nela.

– Incomum? – esganiçou. – Você me conta sobre uma insígnia que dá a vida eterna, outra que pode causar a morte de alguém, uma que faz uma pessoa virar cinzas literalmente, e você acha que terá outra insígnia ainda mais incomum? – Ergueu as sobrancelhas.

Marlon sorriu ao mesmo tempo em que balançava negativamente a cabeça.

– Ela é a única que possui ligação com o mundo das almas, até então desconhecido.

Diana prestava atenção em cada palavra dita por ele, que continuou:

– Algo mais que queira saber? Dúvidas, sugestões? – falou em tom risonho, mas não sarcástico.

– Sim. Zumbis existem. Como isso é possível?

– Bom, olha, ãhn... – Olhou para todos os cantos da sala antes de prosseguir.

– James matou alguns esses tempos – Diana disse calmamente.

Ainda procurando por palavras, Marlon olhava para um pequeno caco de cristal situado no chão, próximo do tapete. Visivelmente incomodado com o fragmento de um dos pingentes do lustre, chutou-o para bem longe.

– São MRs. Os zumbis não existem. – Fez uma pausa. – James os chama de zumbis, mas está errado.

– É. – Pigarreou. – Eles surgiram com o advento de alguma insígnia?

– Isso mesmo. Havia uma ligação muito intensa entre as Insígnias da Vida e da Morte, um elo poderoso, que ficava mais resistente com o passar do tempo. Embora vida e morte causassem forças opostas, não se podia separá-las por alguma razão. Quando a Insígnia da Morte surgiu, houve muitos casos de pessoas que adoeciam e, quando a morte chegava, deixava um pedacinho de vida no corpo da pessoa. A vida não era totalmente tirada por causa dessa ligação.

– Estranho. – Diana comprimiu os lábios.

Marlon continuou sua explicação:

– O problema estava em como os corpos se comportavam quando afetados. As pessoas não eram mais as mesmas, muitas vezes não se lembravam mais de quem eram, se tinham amigos ou quem fazia parte da sua família. Infelizmente, não se recordavam de quase nada, eram apenas corpos perambulando por aí. Alguns foram tomados pelo ódio, tornando-se assassinos.

– Por isso um MR tentou matar o James?

– Um MR mataria qualquer um que cruzasse seu caminho. Nada pessoal. Eles não existiam mais até eu receber uma mensagem de James, na qual ele me relatou dois ataques de MRs, ou zumbis, segundo ele. – Bufou.

Diana imaginou como fora difícil para Brian e Helen presenciarem o poder da Fênix. Flashes passaram por sua mente. Viu Helen e Brian felizes, até ela virar cinzas e, a partir daí, apenas o sofrimento ganhara vida, pois ver seu amor morrer quando o crepúsculo se aproxima é algo horrível e quase impossível de se imaginar.

Por mais que ele a amasse, a garota acreditou que Brian tivesse ficado aliviado com o fim daquele poder. E tal poder descansaria em paz por toda a eternidade. Era isso o que todos esperavam.

Diana continuou com suas perguntas.

– Se é que estou certa, o poder da Insígnia da Fênix tinha relação com as Insígnias da Morte e da Vida, certo?

Ele concordou, balançando a cabeça.

– Se a morte permitia o surgimento de uma nova vida ou se a vida de alguma forma ludibriava a morte, isso eu não posso afirmar. Era algo desconhecido que a vida e seu antônimo não revelavam. A fidelidade entre essas duas amigas era grande e inabalável, mas uma coisa é certa: o poder da Fênix era este elo entre as duas.

– Elo cruel este, não? – Diana comentou.

– Crudelíssimo – disse sóbrio. – Por sorte, a vida eterna dada pela Insígnia da Vida apenas atingiu o local onde seus criadores viviam.

– Ainda bem, Marlon. – Arregalou seus olhos castanhos. – Imagina se isso acontecesse em escala global?

Ele balançou a cabeça.

– Eu me proíbo de imaginar esta cena.

– E se o poder da Fênix ressurgir? Ele se encontra na insígnia?

Ele balançou negativamente a cabeça.

– O colar não detém mais essa maldição. Agora este poder está em outro colar, pelo que se sabe.

– Mais essa. – Suspirou.

Marlon se retirou da sala.

Diana imaginou que o rapaz precisava de um intervalo, pois ela também sentia a necessidade de um tempo para refletir.

CAPÍTULO IX
O curso natural das coisas

Marlon retornou à sala de estar. Diana olhava fixamente para o relógio de pêndulo.

– Admirando meu relógio centenário? – Marlon a observou com um olhar curioso.

– Centenário? – disse em tom de deboche.

Ele balançou a cabeça.

– Está bem, está bem... Bicentenário. – Fez uma pausa. – Ou um pouco mais.

– Agora sim. – Sorriu.

Mas Diana não estava observando o relógio. Em vez disso, admirava o tempo.

– Lindo, não? – comentou ele.

– E precioso – balbuciou a garota.

– Nem tanto. – Marlon se sentou ao lado de Diana. – Tem umas lascas enormes e...

– Espera, você ainda está falando do relógio? – Diana questionou o rapaz.

– Você não está?

– Refiro-me ao tempo – Diana se explicou.

– Agora faz sentido. – O rapaz apoiou o braço no encosto do sofá.

– Onde eles viviam? Brian, Helen e Jasper – perguntou a garota.

Pelos sinais agitados de Marlon, havia algo que claramente o incomodava.

– Em um vilarejo chamado Dark Night Valley. Ou só Dark Night, para eles. – Marlon olhou para todos os cantos da sala.

– É um nome bem sugestivo. E onde fica isso?

– Ficava. – Pigarreou. – No interior do interior do... interior, digamos.

Diana ficou confusa.

– Então esse lugar não existe mais? – Arqueou as sobrancelhas. – Simplesmente desapareceu do mapa?

Ele cerrou seus olhos castanhos ao mesmo tempo em que repousava sua cabeça no encosto do sofá.

– Sim e... não – disse sóbrio.

Boquiaberta, Diana perguntou de uma forma ríspida:

– Precisa mesmo disso? – Fez uma pausa e Marlon fitou seus olhos. – Todo esse mistério serve para quê?

Marlon se levantou do sofá e caminhou até a janela da sala.

– Serve para... – Afastou uma das cortinas com as mãos para espiar o que havia lá fora. – Essa não. Você tem que sair agora!

O coração da garota começou a palpitar bem forte.

– Para onde? – esganiçou.

– Lá para cima! – Marlon fechou as cortinas. – Agora!

Diana obedeceu a ordem dada pelo guardião do espelho sem pensar duas vezes. Subiu as escadas de dois em dois degraus até chegar ao topo.

O corredor da casa parecia ser mal-assombrado. Pouca iluminação e algumas velas – umas acesas e outras apagadas – compunham parte daquele visual tenebroso.

Ofegante, correu em direção a qualquer porta. Escolheu, de forma aleatória, a segunda à direita. E se surpreendeu com o que viu. Cerrou a porta e caminhou por aquela imensa sala, a qual parecia mais um sótão, dado o seu aspecto abandonado.

Muitas das mobílias estavam cobertas por lençóis brancos, salvo cinco poltronas de couro branco e um sofá velho de veludo marrom. Diana olhou para cima: no teto só havia um lustre de extrema semelhança com o que despencara na sala de estar.

O chão era de madeira e a garota notou a falta de conservação pelo simples fato de as tábuas emitirem um rangido absurdamente alto ao pisar nelas.

Enquanto Marlon lutava contra alguém ou algo, que podia ser até um MR, Diana refletia sobre o poder da Insígnia da Fênix.

Um objeto grande – também coberto por um lençol branco –, de aproximadamente três metros de altura e dois metros de largura, despertou o instinto investigativo de Diana.

Julgou ser um espelho.

E se for o Espelho das Almas?, pensou.

Diana tocou o objeto. Parecia frio e com certeza a sua superfície era bem plana, mas, antes de puxar o lençol, escutou passos apressados vindo em sua direção. A garota se escondeu atrás do objeto.

O andar daquele desconhecido era sorrateiro. Seu coração praticamente pulou pela boca quando sentiu alguém agarrar seu braço e puxá-lo logo em seguida.

– Venha. Está segura agora.

Diana se acalmou quando ouviu a voz de Marlon.

Ele a conduziu até o corredor e, antes de a porta ser fechada pelo rapaz, Diana se virou para espiar pela última vez. Embora estivesse a ponto de perguntar a Marlon sobre o enigmático objeto, nada disse sobre isso.

Desceram as escadas em silêncio.

Diana se sentou no sofá e Marlon, ao seu lado. Seus olhos ainda estavam vidrados nas cortinas.

— O que era? — Diana também direcionou seu olhar para lá.

— Outro MR — disse em um volume praticamente inaudível. — E agora são três.

— Estavam aqui por minha causa. — Desanimou-se.

— E eu estou aqui para protegê-la, assim como protegi todos... — Pigarreou. — Quase todos os guardiões secundários do Espelho das Almas.

Naquele exato momento, Diana se lembrou da conversa que tivera com os dois irmãos. Para eles, Marlon era o culpado pela morte de alguém. E agora Diana sabia que se tratava de um guardião do espelho.

— Aonde eles foram? — Diana questionou.

Marlon voltou a encarar o rosto da garota.

— James e Thomas? — Ele sorriu. — James não é do tipo que espera do lado de fora da casa de um desafeto seu.

— De amigos para adversários — balbuciou.

Mas o rapaz escutou suas palavras.

— Sim. Eles me culpam pela morte de um inocente, e não foi o único. Ele era jovem e era um dos guardiões do espelho. Muito inteligente o rapaz, mas, o que ele tinha de inteligência, tinha também de ingenuidade. — Olhou para o teto. — Se James soubesse que perdeu a oportunidade de estourar os miolos de um MR, ficaria furioso.

Ela notou uma tristeza profunda emergir das palavras frias do rapaz.

– Se quiser, eu conto isso a ele. – Encostou a palma de sua mão no ombro de Marlon. – Não se culpe. Nem você nem eles devem assumir este fardo. Foi uma fatalidade.

– Fatalidade que ocorreu sob a minha vigia.

Diana retrucou:

– Mesmo assim, Marlon.

O rapaz reuniu forças para esboçar um sorriso amarelo.

A garota se lembrou de sua gata. Se os dois tivessem voltado para casa, Missy teria enchido seus ouvidos com miados ininterruptos, ocasionados pela sua ausência. Diana tentou adivinhar quando eles retornariam para buscá-la.

Enquanto isso, pensou no poder da Insígnia da Fênix. Que magia poderia ser tão devastadora como aquela? Como um ser humano dotado da habilidade de renascer das cinzas conseguira enganar a morte?

Embora o poder da Fênix somente tivesse atingido Helen, Diana ainda estava incrédula ao mensurar a espécie de magia contida naquele colar.

– Vou fazer um café para nós dois. – Levantou-se do sofá.

– Obrigada. – Diana sorriu.

Ela não parava de pensar no estrago que Brian causara. Estava loucamente apaixonado por Helen, havia abandonado o mundo do conhecimento para bisbilhotar a vida de sua amada, que não faria parte da sua. Jasper perdera um amigo, mas ganhara algo em troca: o poder.

Dark Night nunca mais seria a mesma. Um grande poder estava à solta e mais forte do que deveria ter sido.

Ela se levantou. Dirigiu-se com passos bem lentos até a janela da sala de estar. Afastou as cortinas. Ninguém estava lá fora. James e Thomas poderiam demorar e, dadas as atuais circunstâncias, era uma péssima ideia que estivessem separados um do outro.

A mente da garota estava em uma turbulência infinita.

Marlon segurava em cada uma das mãos uma xícara preta com um grão de café grande estampado.

– Cuidado, está quente – disse ele, estendendo uma delas na direção da jovem.

Diana pegou a xícara.

– Obrigada. – Tomou um gole de café. – Está delicioso!

– Tenho meus segredos até para coar um café. – Marlon sorriu ao encarar a paisagem lá fora.

Diana se virou para o rapaz.

– Eu tenho algo para perguntar – disse em um tom de voz repleto de tensão. Sua voz estava trêmula.

– Sobre a Insígnia do Tempo? – deu um palpite.

Ela fez que não com a cabeça.

– É sobre os mortos renascidos. – Fez uma pausa para tomar mais um gole de café. – Lembro o dia em que James disse ter avistado dois MRs em menos de um mês.

Ele arqueou as sobrancelhas.

– Incomum, devo dizer. – Marlon caminhou em direção ao sofá, mas não se sentou.

– Incomum? – A garota andou alguns passos na direção dele. – Mas com a minha presença isso se torna...

– Comum. – O guardião pousou sua xícara de café na mesa de centro. – E esperado.

Diana estava tensa.

– O que eles querem? – Ergueu sua cabeça para manter sua postura firme.

Marlon hesitou, mas respondeu à garota depois de pegar sua xícara e tomar alguns goles de café.

– Matar, matar e...

– Não diga novam... – a garota o alertou.

– Matar – disse firme. – Só isso. Ainda não compreendo a sua preocupação.

Diana deixou sua xícara sobre a mesa de centro.
– É mesmo? – disse em um tom irônico, enquanto andava de um lado para outro, com as mãos atrás das costas. – Um ser das trevas que irá até o fim para te matar? Mas tem algo mais.
– E o que seria? – ele pronunciou as palavras com uma voz um pouco mais aguda.
– Diga-me você. – Diana encarou o rapaz e parou de andar. – E se eles soubessem o motivo pelo qual sentem raiva e pudessem nos dizer...
O guardião do Espelho das Almas cortou sua fala. Diana talvez estivesse tentando humanizar os seres das trevas e o homem tinha o dever de fazê-la entender o contrário.
– Não há mais nada a dizer! – Sua voz estava ríspida. – Eles são seres...
Desta vez, foi Diana quem o interrompeu:
– Antes de serem "seres", foram homens, mulheres e quem sabe até crianças! Tiveram família, histórias, alegrias... – Tomou fôlego. – Tiveram uma vida!
– Olha... – Marlon segurou seu antebraço com uma das mãos. – Nenhum morto renascido quis conversar até agora.
Diana se viu perdida. O guardião estava longe de ceder.
– Você ao menos tentou? – Aproximou-se do rapaz.
– Não, mas o guardião de que James tanto gostava, sim. Diana congelou. *Então foi por isso que ele morreu*, pensou.
Marlon permaneceu calado. Os pêndulos do relógio emitiam o único barulho que os dois escutavam naquele instante.
Enquanto ele se dirigia à cozinha com as duas xícaras nas mãos, Diana pensou a respeito dos dois MRs que foram eliminados pelas mãos de James. Estava a par de que Marlon não era o tipo de pessoa que gostava de conversar, mas sua vontade de questioná-lo sobre os mortos renascidos aniquilados pelo rapaz era imensurável.

Indo de encontro à ideia do guardião, a garota tinha esperanças de extrair informações de um morto renascido. Mas, para seu azar, James também parecia ter o mesmo conceito do guardião do espelho acerca de um MR.

Diana notou o cansaço de Marlon, que era visível até mesmo de longe. Ela o observava lavando as xícaras. De vez em quando, ele suspirava.

Mais uma vez, pensamentos nada agradáveis se infiltraram na mente da garota: MRs, a Fênix, o lustre de cristal quebrado, a senhora Collins e muitos outros. Se ao menos tivesse Sara Van Collins ao seu lado, seria um fardo bem mais leve para ser carregado. Mas ela estava morta.

Dirigiu-se para a janela da sala. Diana espiou. Nada. Nem sinal de Thomas, muito menos de James.

Alguns minutos se passaram.

Marlon permanecia na cozinha. De vez em quando, podia ouvir uns estalos semelhantes a ruídos de panelas e talheres colidindo com algo. Ele devia estar preparando alguma receita.

– Quer ajuda? – a garota perguntou.

– Não, obrigado! – Marlon exclamou e caminhou em direção à sala. – Estou fazendo um macarrão ao molho pesto com *bacon*, que tal? James me pareceu estar precisando de um dentista.

– Por quê? – a jovem o questionou.

– Porque ficou com dor de dente por ter de esperar lá fora. – Riu enquanto retornava à cozinha. – Ajeite-se bem, porque os dois vão demorar para aparecer.

Diana riu também. Deitou e esticou todo o corpo no sofá. Suas pernas estavam bem confortáveis e sua cabeça apoiada no macio encosto.

Cerrou seus olhos.

Depois de quarenta minutos na cozinha, o rapaz retornou à sala de estar com uma enorme bandeja de madeira, contendo um refratário com sua receita e dois pratos com talheres.

Diana se sentou no sofá.

– Está mais gostoso que bonito, vou logo avisando. – Pousou a bandeja na mesa de centro.

Marlon serviu Diana, cuja barriga, àquela altura, estava prestes a roncar.

– Uhm... o cheiro está maravilhoso! – Animou-se.

– Eu sei – disse confiante.

Após acabarem com todo aquele macarrão em menos de dez minutos, Diana comentou com um sorriso no rosto:

– Preciso vir mais vezes aqui.

Marlon parecia animado.

– Venha mesmo. – Levou a bandeja para a cozinha. – E, todas as vezes que você vier, será contemplada com este prato – disse risonho.

– Não posso reclamar.

O sono dominou Diana. Suas pálpebras estavam pesadas.

O rapaz voltou, sentando-se ao seu lado.

A garota liberou alguns bocejos. Tentou disfarçá-los, contudo Marlon os percebeu.

– Depois de comer dá um sono... – ele comentou, jogando a cabeça no encosto do sofá.

– Nem me fale. – Arqueou as sobrancelhas.

Ainda sentada confortavelmente, ela imaginou a expressão de Thomas e James se tivessem conhecimento de tudo o que havia escutado.

Os dois ficaram mudos por alguns segundos, assim um ruído lá fora chamou sua atenção.

– Está vindo alguém – avisou o rapaz.

A garota sentiu um aumento do ritmo dos batimentos cardíacos.

– James e Thomas? – Diana arqueou as sobrancelhas.

Mais um pouco de adrenalina correu em suas veias até a campainha tocar.

– Droga, Marlon... Abra a porta! – exclamou James.

CAPÍTULO X
Feridas do passado

Marlon permanecia quieto.

Depois de algumas batidas à porta, Diana perguntou ao guardião do espelho:

– Não vamos abrir?

Ele se levantou, dando alguns passos em direção à porta.

– É que eu gosto de ver o desespero dele. – Marlon deu um sorriso maroto.

Ainda caminhando lentamente para chegar à porta da entrada, certificou-se de que tudo estava em seu devido lugar, pois, com a sorte deles, além do lustre de cristal, mais coisas poderiam desabar.

– Tudo bem? – Diana disse com uma voz fina.

Ele fez que não com a cabeça.

– Mais um caco de cristal no chão. – Fez uma pausa. – Alguém pode se machucar com isso.

Ela o encarou por alguns segundos.

– Eu sei que você está aí, ande logo! – James bateu mais duas vezes à porta.

O Surgimento da Guardiã

Marlon finalmente atendeu aos chamados desesperados do irmão de Thomas, abrindo a porta.

– Olá – disse calmamente ao olhar para a aflição estampada no rosto de James.

Diana andou até eles. Ergueu a cabeça, mas não avistou Thomas.

– Ele ficou no carro?

James fez que não com a cabeça.

– Não. Thomas... – pigarreou – está resolvendo um problema, depois eu te conto.

Diana notou o olhar de raiva de James ao encarar Marlon. O guardião também notou, mas pareceu não se importar.

Marlon parou bruscamente ao olhar para o antigo relógio de chão. Já era tarde. Estreitando seus belos olhos, que ficaram ainda menores, disse em voz baixa:

– Nossa, como o tempo pareceu voar, não? – Virou-se para Diana. – Estamos conversando há mais de duas horas!

James se intrometeu na conversa.

– Voar? – vociferou. – Está mais para rastejar.

Marlon novamente o ignorou.

– Espero que tenha gostado de me visitar, venha mais vezes!

Diana sorriu e acenou com a cabeça.

James disse em voz alta:

– Eu mal consegui me recuperar de uma... – Arquejou. – Mais vezes, então?

O guardião do Espelho das Almas começou a ficar irritado. Sua testa estava franzida.

– Qual é a sua? – disse Marlon.

– Sou eu quem deve perguntar isso a você.

James fechou a porta antes de prosseguir. Marlon a reabriu com força.

– Espera aí, eu...

Ele o interrompeu.

– Entendeu muito bem. – James fez uma pausa. – Marlon, o famoso guardião do Espelho das Almas, todo esquisitão. Eu fiz isso... Eu fiz aquilo... Mas proteger quem deveria? Não, não. Para isso o fam...

Marlon cortou a fala do rapaz:

– Pelo que sei do seu passado, parece-me que ambos erramos em proteger as...

Diana olhava para James e para Marlon. A garota ficou confusa e curiosa ao mesmo tempo. Os dois estavam debatendo um assunto bem delicado, por isso deixou de se intrometer daquela vez.

James o interrompeu:

– Pare – ordenou.

– Você...

– Nem mais uma palavra. – James o fulminou com o olhar. – Não ouse pronunciar o nome dela.

Dela? De quem eles estão falando?, pensou a garota.

– Como quiser – disse ele com uma voz praticamente inaudível.

– Ah... e outra coisa: tire o pote com a cobra da sala. Isso assusta as visitas.

Visivelmente transtornado, James fulminou o guardião do espelho com um olhar ainda mais assustador que o anterior.

Diana se apressou, pois viu que não ficaria muito tempo ali.

– Obrigada pelo macarrão e... – olhou para James, que já estava lá fora esperando-a enquanto batia um dos seus pés no chão – pelas respostas.

Marlon piscou para a garota.

– Qualquer coisa estou aqui. – Sorriu.

James pigarreou enquanto Diana se despedia.

– A gente se vê. – Ela acenou para o rapaz, que cruzou seus dedos e sorriu.

Diana foi ao encontro de James e escutou o ruído da porta ao ser fechada pelas mãos do guardião do espelho. Ela esperava poder retornar algum dia.

James se apressou para abrir a porta do seu esportivo amarelo para a garota. Ela apenas fez um breve aceno com a cabeça antes de entrar no veículo.

Após fechar a porta, o homem deu a volta e se sentou com uma agilidade sem precedentes no banco do carro.

Diana se dera conta de que era por sua causa que os mortos renascidos estavam reaparecendo, mas o jogo estava virando. E ela não queria ser derrotada. Ninguém quer estar do lado perdedor. Diana precisava vencer, mas para isso tinha de acabar com algumas preocupações que a consumiam por inteiro.

Assim como Thomas, James, Dulce e Marlon, ela se encontrava em um tabuleiro de xadrez: Diana era a dama, Marlon era o cavalo, James e Thomas poderiam ser as torres e Dulce, uma mera figurante, era um peão. Ela imaginou o papel do senhor Phillip naquele jogo: o bispo. Quanto ao rei, bom... a garota não nomeou todas as peças. Do lado adversário, os peões representavam os MRs e o rei, até então desconhecido, era o controlador deles.

Seu rei tinha de sair invicto naquela história. Ela não podia levar um xeque-mate. Diana queria vencer. Nada mais.

A voz de James se sobressaiu entre os pensamentos em sua mente.

– Sobre o que vocês conversaram? – Virou-se para Diana.

Ela tinha de manter sua promessa de não dizer nada para os dois irmãos.

– Eu não posso dizer.

James riu.

– Como? – Arqueou as sobrancelhas. – Tá brincando, menina.

Ele parou de rir assim que percebeu o rosto sereno de Diana.

– Desculpe-me, mas não devo – disse firme.

– Marlon errou feio nisso. É ridículo. – James torceu a boca enquanto balançava negativamente a cabeça.

Ela moveu seu rosto para a direita. Ver a paisagem poderia ser mais indicado do que observar a agonia de James. O rapaz tamborilava a ponta dos dedos no volante em sinal de impaciência. Isso durou alguns minutos até ele se cansar.

A garota reuniu coragem e olhou para o rosto de James.

Aparentemente, seu semblante revelava um ar mais tranquilo, porém o rapaz novamente tamborilou os dedos. Parecia estar revoltado por outro motivo.

– E Thomas? – Pausou sua fala. – Você me disse que ele estava resolvendo um problema.

Ainda concentrado no trânsito e nos radares à sua volta, ele respondeu bem devagar:

– Ele já deve ter voltado para casa a essa altura, Diana. – Pigarreou antes de prosseguir. – Thomas foi visitar o senhor Phillip. – Sua voz estava embargada.

Ela sentiu toneladas de tensão percorrerem as cordas vocais de James.

– Toda ajuda é bem-vinda – comentou.

Ele fez que sim com a cabeça.

– Sim, mas a ajuda dele é especial.

– Com certeza – Diana confirmou.

Ela sabia do extenso conhecimento daquele senhor. Phillip era PhD em assuntos que fugiam da compreensão humana. Afinal, assuntos sobrenaturais e místicos eram bem familiares para ele.

Depois de mais alguns sinais de impaciência de James e gestos de Diana para ignorá-los – como virar o rosto para o lado oposto de onde o rapaz se encontrava e cantarolar baixinho –, eles finalmente chegaram ao seu destino.

– Lar, doce lar. – Suspirou.

James saiu do carro.

Diana se adiantou e saiu do veículo às pressas. Deu alguns passos em direção à casa.

– Thomas parece ter voltado. – Diana, ainda do lado de fora, espiou um vulto pela janela.

– Ótimo – disse James enquanto esfregava as palmas das mãos uma na outra.

Ele pôs a chave na fechadura e a virou gentilmente.

– Hora da verdade – disse Diana.

James acenou com a cabeça.

Eles se depararam com a figura de um Thomas aborrecido. O desânimo do rapaz inundou toda a sala de estar.

– E aí? – James dirigiu-se ao irmão.

Sentado no sofá com uma postura nada ereta, Thomas vestia calça e jaqueta de moletom, ambas as peças na cor cinza. Seus pés estavam calçados apenas com meias brancas

– Nada de bom – balbuciou.

– Explique isso direito – James elevou a voz ao mesmo tempo em que entrava em casa e fechava a porta. – Você tá mais para baixo que barriga de cobra, menino.

Thomas se voltou para Diana:

– Não podemos mais contar com o senhor Phillip. – Ofegou ao se levantar do sofá.

– Então ele não disse nada? – Fez uma pausa enquanto seguia o irmão com o olhar. – Deu algum conselho, pelo menos?

Thomas fez que sim com a cabeça.

– Isso é bom – comentou Diana.

A jovem tentou ver o lado bom daquilo, mas Thomas fez um sinal de negação com sua cabeça.

– Fomos aconselhados a... – engoliu em seco e agora se dirigiu às insígnias para encará-las – buscar amparo, adivinha de quem?

James arqueou as sobrancelhas.

– Ah, não... Nem pensar! – exclamou. – Do Marlon não. – Ele sacudiu a cabeça.

Diana se entristeceu. Por um breve momento, um feixe de esperança tinha surgido, mas foi apagado.

James pareceu estar ainda mais aborrecido e Thomas se juntou a ele a fim de compartilhar o mesmo sentimento.

– Quem sabe se...

James o interrompeu:

– Nem por cima do meu cadáver! – Sentou-se em uma das poltronas da sala de estar. – Ele já criou problemas demais e eu estou sem paciência para mais um!

– Tudo bem. – Adiantou-se. Thomas prosseguiu com uma voz mais branda, olhando para Diana. – E como foi lá com... ele?

James se intrometeu na conversa:

– Nem queira saber. – Esticou o seu pescoço na direção do irmão. – Marlon a fez prometer algo totalmente sem noção: não nos contar nada sobre o que foi conversado entre eles.

Agora de costas, Thomas tentou esconder seu sorriso.

– Bom... – disse enquanto mexia nas insígnias para ajeitá-las melhor. – Você se lembra do que nossa tia sempre dizia, não lembra? Promessa é promessa, se alguém te pedir para quebrar...

– Não caia nessa – James completou. – Lembro muito bem.

Thomas ignorou o irmão.

– Só mais uma pergunta. – Virou-se para Diana. – Marlon te fez prometer algo?

Ela suspirou. Diana ficou calada por alguns instantes enquanto cogitava uma boa resposta. Tarde demais.

James pareceu ter lido os seus pensamentos.

– Lá vem bomba, prepare-se. – Olhou para Thomas, ignorando o seu olhar, que gritava: "Fique quieto!".

– Qual é... – Thomas disse.

– Sério, só faltava ele tê-la obrigado a prometer entrar no espelho caso ele mandasse, como fez com o outro guardião.

Diana permaneceu calada. E isso só piorou a situação.

– Espera. – Thomas ficou boquiaberto. – É isso.

James balançou negativamente a cabeça.

Diana se explicou, tentando melhorar aquele clima de tensão:

– Não foi nada de mais. Ele me fez prometer que, se caso acontecesse algo de estranho por esses dias, eu contaria a ele e que, se ele me mandasse atravessar o espelho, eu entraria. – Tomou fôlego. – Só isso.

A garota deu de ombros.

James não se conteve e se exaltou:

– Só isso? – Arqueou as sobrancelhas e elevou sua voz. – Você sabe o que ele a fez prometer? Desprometa, se é que essa palavra existe no dicionário. Você é escritora e deve saber. Vou ligar para ele.

James estava quase se levantando do sofá em que estava, mas, antes de ligar para Marlon, Diana se antecipou:

– Essa promessa foi para minha segurança. – Amenizou a agitação do rapaz.

– Será pior se você ligar. Daí perderemos a pouca ajuda que ganhamos dele e, agora com a volta dos MRs, só Marlon poderá nos ajudar – Thomas complementou.

Mais calmo, James concordou, fazendo um gesto positivo com a cabeça.

– Tudo bem. – Suspirou. – Só quero que vocês dois saibam... – James apontou seu dedo indicador para Diana e Thomas de forma alternada – do meu medo de entrar naquele espelho.

– Por quê? – Diana o questionou. – Se você nunca entrou nele? Afinal, pelo que sei, é preciso portar uma chave para isso.

Thomas fez que não com a cabeça.

– Deixa quieto, James – alertou-o.

Contudo, ele ignorou seu pedido.

– Ela tem o dir... dever de saber. – Fitou o olhar de curiosidade da garota. – Até onde eu saiba, entrar no Espelho das Almas requer algo bem mais que um simples colar, esse aí. – Apontou para o pescoço de Diana.

– E seria...?

– Habilidade. Entrar e sair, ainda penso no que seria menos pior.

Diana franziu a testa.

– Eu não...

Thomas se adiantou:

– Esqueça, Diana. Meu irmão precisa tirar uma pestana, quem sabe ele fique um pouco melhor? – disse baixinho ao mesmo tempo em que sorria para a garota.

Diana perguntou para Thomas:

– E por que será que eu deveria entrar no espelho?

James novamente deu uma de intrometido:

– E esta é uma ótima pergunta! – exaltou-se. – Imagine só: um exército de mortos renascidos atrás de você e sabe-se lá o que mais poderia aparecer por aqui...

– James! – Thomas o advertiu.

Mais uma vez, seu irmão o ignorou e prosseguiu:

– Só precisaria entrar se a coisa estivesse mais feia por aqui – disse rapidamente antes de receber outra cortada de Thomas.

O irmão balançava a cabeça em sinal de reprovação.

– Pare de ser pessimista, James. – Virou-se para ele. – Marlon não exagerou desta vez.

– Imagina se não – disse em um tom de ironia.

Thomas continuou:

– Temos de pensar em procurar ajuda, e não mais confusão. Ele parece estar cooperando e é só isso o que precisamos no momento. Você sabe o quanto eu tenho apreço pelo senhor Phillip e, se ele mesmo diz que não é mais capaz de nos auxiliar e que apenas o atual guardião do Espelho das Almas pode, eu acredito.

Diana olhava para os dois enquanto eles conversavam.

Thomas tentou amenizar a situação, demonstrando ao irmão que poderia superar as desavenças existentes entre eles por um bem maior.

James disse calmamente, dirigindo-se aos dois:

– Eu só sei de uma coisa. E quero estar errado. Muito errado. Totalmente errado.

CAPÍTULO XI

O olhar por trás da realidade

Diana se deu por vencida. James estava atordoado pelo fato de o senhor Phillip estar impossibilitado de fazer qualquer coisa para ajudá-los. Os mortos renascidos só poderiam ser detidos pelo guardião do espelho, segundo Thomas.

Com Phillip fora da jogada, só restava acreditar na benevolência de Marlon.

Ela deu um breve aceno para Thomas, enquanto James afogava suas mágoas com sua série de terror preferida, e se dirigiu ao quarto. Sua gata deu alguns miados com o intuito de ganhar um pouco de atenção.

Após acariciá-la, Diana pegou o notebook e o ligou. Ela tinha de atualizar o arquivo "Relatos sobre o colar" com as informações fornecidas pelo guardião do espelho.

Suspirou. Sabia que não era uma boa hora para escrever – talvez nem a coisa certa a fazer, pois James poderia bisbilhotar o seu computador. E quando seria?

Mas ela não podia se esquecer de nada. Nada mesmo. Cada informação tinha um valor imensurável. E aquele arquivo poderia fornecer um alívio – e até soluções – para os seus problemas.

Embora preferisse manter o arquivo com o atual nome, Diana não deveria. "Relatos sobre o colar" estava errado, porque não se tratava de um colar, e sim de uma chave. Então alterou o nome do arquivo para: "Relatos sobre a chave".

Agora estava melhor. Sentiu que escrever poderia ser uma terapia para o seu estado de espírito naquele momento.

Começou a digitar:

"Relato n.12

Nunca paramos para pensar se há a possibilidade de a realidade estar escondendo a magia por trás dos grossos mantos que envolvem seu corpo místico. Por sermos incapazes de ver ou por não termos o entendimento necessário, não vemos a beleza de encantamentos que surgem diante de nós quando menos esperamos. Mas o que esperar quando não conseguimos sequer imaginar?

Medo. Palavra curta, mas que torna-se longa quando tentamos defini-la.

Há pouco tempo, eu julgava o medo em relação a pequenos insetos – como baratas ou besouros – insuperável. Mas tudo pode piorar.

O referido medo foi derrubado pelo medo do desconhecido. O verdadeiro e imponente temor que exala pânico ao seu redor, alastrando-se, sem obstáculos, por todo o perímetro do seu corpo. Como temos medo de algo que nem sabemos se existe? A nossa imaginação pode ter criado os monstros residentes no castelo de nossas mentes? Talvez.

As insígnias são reais. O Espelho das Almas deixou de ser apenas um conto para sair dos papéis e virar parte da minha jornada. Aquilo que eu recebi em sonho não é um simples colar. É uma chave. E o espelho? É uma passagem."

O relógio disposto no canto superior direito do notebook de Diana avisava que as horas não mais passavam, e sim voavam. Muitas questões ainda estavam com resoluções pendentes e muitas outras certamente surgiriam. Seu hábito de relatar cada passo não passou.

O arquivo crescia a cada minuto:

"Conheci Marlon, o guardião do Espelho das Almas e, embora as atitudes de Thomas (mas principalmente de James) demonstrem uma aversão nítida ao rapaz, pude perceber um resquício de tolerância nas palavras ditas pelos dois irmãos ao guardião.

Como era o esperado, Marlon aparenta ser confiante e sábio, se bem que James tem tentado me convencer do contrário. Sábio ou não, ele pode ser a nossa única ponte – avariada e antiga – para atravessar o abismo que se encontra bem debaixo de nossos pés."

Seu relato foi pausado pela presença de James em seu quarto.

– O Marlon é um abusado mesmo, hein? – desabafou.

Diana arregalou os olhos castanhos e rapidamente pensou em dizer algo que o faria cair fora dali o mais rápido possível.

– Ele matou um MR – disse bem rápido, atropelando suas palavras.

James balançou a cabeça.

– Ah, não, não...

O rapaz se afastava enquanto pronunciava várias vezes a mesma palavra.

– Foi por pouco – balbuciou.

Ela pôde voltar a escrever:

"Tive a chance de conhecer um pouco mais sobre as insígnias que estão sob os cuidados de Thomas e James, mas foi Marlon quem encontrou a maioria delas.

Ele começou sua explicação pela Insígnia das Almas. Os mortos renascidos (chamados de forma equivocada de "zumbis" por James) podem voltar a este mundo com o seu poder. Quem usa esta insígnia fica perturbado, tem visões... algo assustador, na minha opinião.

Depois, contou-me a respeito de uma insígnia feita de rubi e ouro branco, nem um pouco bonita: a Insígnia da Vida, e, o que lhe falta de beleza, ela tem de importância. Com ela, tem-se proteção.

Tenho a necessidade de confessar o meu receio no que concerne à próxima insígnia: a Insígnia da Morte. Linda, mas perigosa, podendo até mesmo matar o seu possuidor.

Marlon depois me contou sobre a Insígnia da Fênix. Ela pode auxiliar na busca por pessoas ou informações, muito útil, por sinal, sem falar da energia adicional que o seu possuidor ganha ao usá-la.

Claro que deixei a cereja do bolo para o final. A pérola da ostra: A Insígnia do Tempo. Seu relato é simples: quem a possui nunca morrerá.

E existe uma má notícia? Sim. Se ela permanecer escondida, a paz deixará de existir e virará cinzas. Marlon não sabe quem é o seu atual dono, mas tem a certeza de um futuro terrível caso a insígnia permaneça onde está.

Para o nosso azar, sabe-se pouco sobre ela. Os relatos de Joe Bailey são escassos, limitando-se a apenas sua aparência.

Também tive uma ou outra explicação a respeito do meu sonho, aquele no qual recebi o colar, ou melhor, a chave. Só o guardião do espelho poderia tê-la entregado a mim. Somente ele. Porém, outra pessoa se encarregou de fazer isso e, quem quer que seja, possui intenções que estão longe de ser boas.

Quanto aos criadores dessas peças repletas de magia – e suas vidas um tanto turbulentas – tenho muito a dizer, mas pouco para compreender. Brian e Jasper. Dois amigos. Quase irmãos.

Suas vidas pacatas em Dark Night Valley estavam prestes a mudar. De criadores de insígnias a criadores de dramas. Nada animador.

Todos viviam bem com as Insígnias das Almas e da Vida, pois podiam viver para sempre. Mas isso mudou. Brian, um dos criadores das insígnias, foi o causador dessa mudança.

Sua paixão por Helen era maior e o levou ao fundo do poço. Ela morava perto de onde Brian e Jasper trabalhavam. Eles eram jovens e... nada sábios. Pelo que se sabe, Jasper queria controlar o tempo e Brian desvencilhou-se de sua amada alquimia para ter o controle sobre a vida de seu novo amor: Helen.

Diferente de Brian, Jasper nunca se apaixonou. Sua maior paixão era a alquimia, e isso não iria mudar, mas a vida do seu amigo sofreu uma brusca mudança quando ele soube que Helen se casou. Louco, suicidou-se para pôr um fim à sua dor.

Jasper havia criado a Insígnia da Morte, um pouco antes de Brian tomar esta horrível decisão.

À procura de poder, mas triste ao saber do falecimento de Brian, Jasper nunca mais foi encontrado e, com a criação da referida insígnia, as pessoas começaram a morrer. Mortes naturais, claro.

E Helen? Ficou sabendo do amor de Brian por ela. Seu casamento desabou, depois de muito tempo, e ela também escolheu a morte na esperança de saber a verdade. Seu reencontro com Brian era possível.

No entanto, como nem tudo são rosas, eles tiveram ainda mais azar com a Insígnia da Fênix. Com seu advento, Brian e Helen ressuscitaram e, pouco depois de sua criação, Helen se suicidou. Por isso o seu ciclo de vida foi alterado. Ela morria à noite, mas renascia a cada manhã. Quando os dois se beijaram, a maldição acabou, mas Helen virou cinzas, não mais renasceu, o que fez Brian se suicidar. Esta maldição, segundo Marlon, está em outro colar, não mais na Insígnia da Fênix.

Agora, outro assunto: o surgimento dos MRs. Como? Pela ligação da Insígnia da Vida com a Insígnia da Morte. Os corpos sujeitos a esta ligação se comportavam de forma esquisita. Muitos sentiam ódio. Vontade de matar.

É... Creio que ficou ainda mais tenso.

Melhor parar por aqui."

Diana salvou o arquivo e, antes de desligar seu notebook, notou a presença de outra pessoa em seu quarto: Dulce.

– Tão compenetrada! Nem me notou, não é? – A empregada cruzou os braços.

Diana balançou a cabeça.

– Foi mal, eu estava... – fez uma pausa – escrevendo.

– Nem podia imaginar – disse em tom de ironia. – E... você pode me deixar ler o que foi escrito?

Diana pensou um pouco. Marlon havia deixado bem claro os termos da promessa e a garota tinha de cumpri-los. Nem James nem Thomas poderiam tomar conhecimento do que fora dito naquela conversa, mas ele não falara nada sobre outras pessoas.

— Eu posso, mas você precisa me prometer que isto ficará só entre nós duas. — Diana arregalou os olhos, esperando ansiosamente por uma confirmação de Dulce.
Ela fez que sim com a cabeça.
— Feito.
A garota fez um sinal para ela se sentar na beirada da cama, batendo suavemente sua palma da mão no colchão.
Após ver a empregada se sentar, entregou o notebook em suas mãos. Dulce o colocou sobre as coxas e começou a ler.
Depois de alguns minutos, lendo e relendo o relato de Diana, ela suspirou.
— E então? — perguntou Diana.
— Sem comentários — disse atônita. — É verdade mesmo que Helen morria e voltava a viver normalmente?
Diana sorriu, dando de ombros.
— Eu não sei, mas dizem que ela virava cinzas e, destas cinzas, retornava a este mundo.
— Mas como? — Dulce colocou o notebook no colo de Diana, que o desligou e o pousou sobre a cama.
— Helen era a própria Fênix.
— Nossa. Loucura demais para ser verdade, embora eu acredite em cada palavra, pois tenho meus motivos. Há tanta magia em um mundo tão...
— Real? — Diana completou.
Ela percebeu a surpresa estampada no rosto de Dulce. Boquiaberta, a empregada ainda estava processando o texto que acabara de ler.
— Confuso, hein? — Virou-se para Diana com um belo sorriso no rosto.
A garota se questionava sobre o que Dulce dissera a respeito de ter os seus motivos.
— Demais — balbuciou.
— E agora, qual o próximo passo?

Diana ficou confusa.

– O que quer dizer com isso? – Franziu a testa.

– Nunca vi James desse jeito. – Dulce balançava levemente a cabeça. – Ele está relutante em tudo e, mesmo se Thomas conseguir fazê-lo mudar de ideia, nada vai se resolver se vocês não acharem a tal insígnia do... esqueci.

– Do Tempo – completou.

– Isso.

– Temos um pouco de esperança ainda?

– Quanto a isso, não sei, mas tenho uma torta incrível de creme belga com morango te esperando. – Dulce sorriu.

– Oba! – Diana exclamou.

A empregada se levantou rapidamente.

– Vou trazer um pedaço bem generoso! – Caminhou até a porta do quarto. – E depois continuamos nossa conversinha.

Saiu do quarto e Diana pôde ouvir os passos apressados de Dulce se afastando.

Dois minutos foram suficientes para que ela estivesse no seu quarto novamente, mas agora com um pedaço de torta enorme em um prato quadrado, verde, decorado com listras de ganache de chocolate amargo e alguns morangos em um dos cantos.

– Apresentação impecável, nota dez! – brincou Diana.

Dulce soltou uma gargalhada, o que chamou a atenção de Thomas, que passava por ali naquele instante.

– Tudo bem aí? – disse enquanto sorria, apoiando-se na porta do quarto de Diana.

– Tudo ótimo – as duas disseram em uníssono.

Dulce entregou o prato nas mãos de Diana e voltou a se sentar ao seu lado na beirada da cama.

Thomas olhou para elas e retornou aos seus afazeres.

– E aí? Conta mais! – sussurrou.

– Bom... – Diana se lembrou de algo que não havia sido comentado em seu relato.
– Anda, menina! – Apressou-a.
– O lustre de cristal da sala de estar do Marlon caiu. – Diana comeu um pedaço da torta. – Que delícia.
– Caiu... do nada?
Diana fez que sim com a cabeça.
– Acho que pode ter sido um MR ou algo ainda pior – disse de boca cheia.
Ela sentiu calafrios e eles foram o suficiente para deixá-la ainda mais tensa.
– A gente mal sabe das coisas, não é mesmo? – Pausou sua fala enquanto refletia. – Uma insígnia ter o poder de parar o tempo?
– Apenas para uma pessoa – Diana advertiu.
– Mesmo assim – retrucou. – Imortalidade é o sonho de muitos, do mais pobre até o mais rico.
– Deve ser – disse calmamente depois de suspirar. – Você é uma dessas pessoas?
– Depende. – Dulce sorriu. – Se eu pudesse dividir essa imortalidade com uma outra pessoa que eu amasse, por que não?
– E se estivesse totalmente sozinha? – Diana questionou.
Dulce hesitou por um tempo considerável.
A garota aproveitou para comer mais alguns pedaços da fatia.
– Creio que eu deixaria a imortalidade para outra pessoa – disse de uma forma serena. – Qual a razão de possuí-la em um mundo tão efêmero?
Diana acenou com a cabeça.
A empregada parecia devastada e Diana percebeu algo pesado em sua voz.

— Penso o mesmo. – Engoliu o último pedaço da torta. – Deixa que eu levo o prato.

Enquanto Dulce criava flashes da vida dos criadores de insígnias e de Helen em sua mente, Diana correu para a cozinha.

Ela avistou James, que parecia estar infeliz.

Ainda pelo mesmo motivo?, Diana se questionou.

De volta ao quarto, viu Dulce afagando a barriga da Missy, que havia subido na cama para receber atenção.

— Ela tem fofura demais! – Sorriu ao reparar nos olhos da gata, que piscavam devagar para ela.

— É – Diana comentou com desinteresse.

— Algo está martelando na minha cabeça sobre a Insígnia do Tempo. Ela é a mais poderosa, não?

— Pelo jeito, ela é... Agora que o poder da Insígnia da Fênix sumiu e foi para outro lugar.

— Pois é. – Dulce torceu o nariz. – Só o que não some são as contas a pagar, não? – Levantou-se da cama. – As louças sujas estão me esperando.

Algumas horas se passaram, e Diana estava cansada. Não um cansaço físico, era mais um desânimo.

A noite chegara de fininho. Algumas estrelas fizeram sua aparição no céu sombrio. E a garota continuava com aquele nó na garganta. *Será que um dia Marlon, James e Thomas conseguirão reatar a amizade?*, pensou.

Deitou-se na cama após escovar os dentes, tomar banho e vestir sua camisola verde-água. Missy dormia no chão, perto do rato de brinquedo. Depois de algumas horas se esforçando para descansar, a jovem adormeceu.

Thomas e James estavam presentes em seu sonho. O trio havia embarcado em uma aventura perigosa em um barco que estava prestes a afundar sem que eles dispusessem de um remo sequer. O lugar visitado parecia uma gruta subterrânea. Apenas a escuridão jazia ali.

James acendeu a tocha que estava em suas mãos.
— Menos apavorante agora, hein? — Virou-se para a garota.

Diana sentiu a insegurança de Thomas e as brincadeiras sem sentido que revelavam o medo de James.

Ela queria desistir, retornar à claridade. Contudo, a gruta fazia parte de uma missão, mas ela sentia ser uma armadilha.

Enquanto isso, o barco era levado pela estranha correnteza daquelas águas.

Quando Thomas encontrou um remo boiando, tentou pegá-lo, mas, antes que pudesse tocá-lo, o objeto imergiu.

Eles avistaram alguns bilhetes na água, feitos de um papel mais resistente que os comuns, mas estes também afundavam quando as mãos de qualquer um dos três se aproximavam.

Diana fitou as águas turvas, mas nada submerso podia ser identificado. Eram misteriosas. E eles sabiam que havia algo muito valioso ali.

— Recado p-H-o-e-n-i-X — Thomas falou.
— O que disse? — Diana perguntou ao rapaz.
— Aqui, neste bilhete velho. — Entregou-o em suas mãos.

Diana o pegou. Nele, estava escrito a caneta tinteiro: "recado p-H-o-e-n-i-X". Porém, o "H" e o "X" estavam em letra maiúscula e, de todas elas, apenas o "X" fora escrito com tinta vermelha.

Uma criatura submersa chacoalhou o barco. James se virou de forma brusca para tentar distingui-la, mas apenas enxergou um vulto. A qualquer momento o barco iria virar.

Alguém os observava de longe, em terra firme. O vulto era de um homem que segurava algo em sua mão esquerda. Algo pelo qual eles estavam dispostos a lutar. A morrer. E a matar.

Era um colar. A Insígnia do Tempo!

CAPÍTULO XII
A última insígnia

Diana acordou com um sobressalto. Sua vontade de gritar mesmo depois de o pesadelo ter acabado era imensa.

A garota se obrigou a visitar a cozinha. Talvez um copo de leite lhe fizesse bem. Saiu do seu quarto e foi até lá a passos lentos e cautelosos.

Diana viu Thomas atacando o último pedaço de torta da Dulce. Ela o observou por alguns instantes antes de começar a se aproximar, mas ele se adiantou:

– São duas da manhã. Veio fazer um lanchinho? O bacon acabou e desta vez não foi minha culpa – falou o rapaz com a boca repleta de torta.

A jovem levou um susto. Não esperava que sua presença fosse percebida por Thomas.

Ele vestia uma calça de moletom cinza e uma regata preta. Estava descalço.

– Ele era a minha segunda opção, depois do leite... Sem problemas. – Suspirou. – Acordei há pouco, pois tive um pesadelo bem diferente dos que costumo ter – disse meio assustada ao se lembrar do sonho que tivera.

Diana abriu a geladeira. Pegou a caixa de leite em suas mãos.

Curioso, Thomas questionou:

– Que tipo de pesadelo você costuma ter? – Tirou um copo do armário e lhe entregou.

Diana despejou o leite até a borda e tomou um gole antes de continuar a conversa.

– Normais. Às vezes estou caindo e, em outras, voando, mas logo em seguida perco o equilíbrio e, bom – balançou a cabeça –, aqueles bem clichês.

– Entendo. – Thomas aproveitou para enfiar o último pedacinho de torta em sua boca antes de prosseguir. – Espero que esses pesadelos não sejam recorrentes. Eu tive um bem estranho há meia hora. Mas como foi?

Ela tentou relembrar todos os detalhes antes de contar ao rapaz. Após fazer isso, disse:

– Parecia mais um aviso que um pesadelo. Você, James e eu estávamos em uma caverna subterrânea dentro de uma canoa sem remos. Procurávamos algo. As águas de lá eram turvas. Algumas pistas pareciam estar escritas em papéis resistentes à água e boiavam, mas não conseguíamos pegá-los, pois submergiam rapidamente. – Diana tomou fôlego e mais um gole de leite.

– Continue. – Thomas deixou de tentar disfarçar sua curiosidade.

Ela prosseguiu com uma voz mais firme:

– O lugar estava contra nós. Eu avistei a sombra de uma pessoa. Era um homem. – Fez uma pausa. – Para ser mais exata, este homem estava bem à nossa frente, mas não sabíamos quem ele era e... eu vi algo em suas mãos. Algo de que precisávamos: a Insígnia do Tempo.

– Mais alguma coisa?

A garota se deu conta de que faltava algo em seu relato.

— Sim. Em um dos bilhetes, o único que pegamos, estava escrito...

O rapaz a interrompeu:

— "Recado p-H-o-e-n-i-X"? Com o "H" e o...

Ela cortou sua fala:

— "X" maiúsculo e vermelho.

— Eu sonhei com o bilhete, mas foi em outro cenário. — A fala de Thomas estava mais acelerada que o normal.

Diana estava perplexa. Largou o copo na bancada da cozinha.

— É um aviso, como eu imaginei! — exclamou.

— Você precisa contar ao Marlon sobre isso, sério — ele disse quase sem fôlego. — Ligarei para ele agora, temos de visitá-lo o quanto antes. — Fez uma pausa. — É o mais prudente a fazer.

— E o James?

— Dane-se ele, vamos — ordenou o rapaz. — Se ele dispensar nosso convite, melhor ainda.

— Isso é preocupante, não é?

— Com certeza. — Ele balançou positivamente a cabeça.

— Faz ideia do que essas palavras significam? — Aproximou-se do rapaz.

Thomas a ignorou, subindo as escadas. Correu para o quarto de James e bateu à sua porta. Diana foi atrás.

— James, venha rápido! — Virou-se para a garota ao vê-la se aproximar. — Vista algo em oito segundos no máximo, anda!

Ela correu para o quarto e vestiu um penhoar branco. Sentiu a necessidade de colocar seu colar — a chave para o espelho — no pescoço. Após colocá-lo, saiu às pressas de lá, indo ao encontro de Thomas.

— Que sutileza, hein? — James reclamou. — Sabe que horas são?

Ao contrário do esperado por Diana, ele estava com a mesma roupa de antes: calça jeans, camisa branca e tênis brancos. Nada de pijama.

– Hora de cairmos fora daqui!

Thomas entrou no quarto do irmão e pegou a chave do seu esportivo amarelo.

– Você me deve uma explicação! – James falou enquanto fitava a chave nas mãos de Thomas.

– Depois! – Saiu do quarto, dando as costas para James.

Os três desceram as escadas às pressas. James tropeçou em um dos degraus.

– Opa!

Thomas abriu a porta de entrada e fez um sinal para os dois saírem.

– Rápido! – Olhou para o pescoço da garota. – Você vai com o colar?

– Pode ser útil – Diana respondeu.

Eles embarcaram no veículo, com Diana sentada atrás.

– Se for dirigir, cuidado – James alertou.

– Sem problema – Thomas disse.

– E... – Virou-se para Thomas. – Para onde vamos?

Thomas permaneceu em silêncio.

– Não íamos ligar primeiro? – Diana tentou encontrar o olhar de Thomas pelo retrovisor fixado no centro do vidro frontal do veículo.

– Mudança de planos, Diana. É importante que Marlon saiba disso pessoalmente. Somente ele saberá o significado.

James se exaltou.

– Marlon?! – Fez uma pausa. – Ah, não... disso o quê?

– Do pesadelo que tivemos.

– E vocês acham que Marlon, a cartomante, pode dar um jeito nisso? – Arregalou seus olhos castanhos.

– Cartomante interpreta cartas, quem interpreta sonhos é um...

– Não me interessa! Vocês estão rumo à casa do inimigo e mal sabem do perig...

Desta vez, foi a hora de Diana interrompê-lo:

– Marlon nunca foi nosso inimigo.

– Ótimo! Fico aliviado em saber. – Valeu-se da ironia para irritá-la. – Posso não ser o último a saber desse pesadelo?

Diana observou o olhar de Thomas pelo retrovisor antes de contar a ele.

– Sonhamos com o mesmo bilhete. – Ajeitou-se no banco de trás. – Nele estava escrito "Recado p-H-o-e-n-i-X" e o "X" era vermelho.

– E as letras "H" e "X" estavam escritas em maiúsculo – Thomas complementou.

– Bizarro. – James franziu a testa.

Thomas ligou o rádio. Gostava de escutar as músicas *indie* da rádio local, mas James o desligou logo em seguida.

Diana notou que Thomas passava em alguns sinais vermelhos.

– Não se preocupe – disse ele. – Aqui não tem fiscalização, então estamos livres de uma multa.

– Mas não de um acidente – retrucou.

– Relaxa. – James sorriu.

Enquanto Diana rezava para se livrar de um acidente de trânsito, Thomas cantarolava uma música. James protestava contra isso em silêncio, lançando um olhar intimidador para o rapaz.

Eles chegaram à casa do guardião do Espelho das Almas. Thomas estacionou bem na frente dela, e eles saíram do veículo às pressas. Ao observarem a casa, viram que estava ainda mais desprovida de luz.

Antes que pudessem bater à porta, Marlon se adiantou, abrindo-a bruscamente. Ele parecia estar com medo.

– Entrem logo – sussurrou. Virou-se para James. – Você também.

– Três entram na casa, mas quantos sairão? – James disse em tom de deboche.

Marlon observava a garota atentamente, como um felino pronto para atacar. Por fim, cansado de encará-la, disse:

– Algo aconteceu.

– Disso, eu sei. – James cruzou os braços.

– Sentem-se. – Marlon estendeu sua mão em direção ao sofá.

Todos se sentaram.

– Sentando... – disse James com uma voz robótica.

– Senti uma presença fora do comum quando vocês partiram. Alguém estava nos observando. Tentei proteger o Espelho das Almas o quanto pude.

– Foi quebrado? – Thomas perguntou, surpreso.

– Pior. Alguém saiu dele. Pude sentir a energia sendo liberada. – Ainda de pé, Marlon olhou para Thomas. – O que os trazem aqui?

– Um bilhete visto em sonho por nós dois. – Diana se adiantou, virando-se para Thomas sentado ao seu lado. – "Recado p-H-o-e-n-i-X", faz algum sentido para você?

O guardião correu seus olhos pela sala quase sem luz, como se isso lhe trouxesse mais conforto ou as palavras certas.

– Como foi o seu sonho? – O guardião se dirigiu à garota.

– Thomas, James e eu estávamos em uma canoa. Entramos em um lugar que parecia uma gruta subterrânea e éramos guiados apenas pela correnteza. Vimos algumas pistas escritas em papéis boiando, mas elas desapareciam. Pensei ter visto algo debaixo d'água, uma criatura ou monstro, mas uma coisa estranha veio a seguir: avistei, em terra firme, a silhueta de um homem que segurava algo, a Insígnia do

Tempo. – Diana comprimiu os lábios e, esperando uma resposta imediata de Marlon, mexeu os pés, fazendo-os baterem levemente no chão.

– Prestem muita atenção, principalmente você, Diana. – Pausou sua fala. – Alguém está tentando contactá-la e eu suspeito de quem seja, mas este alguém nasceu há mais de um século.

– C-como? – gaguejou James, curvando-se na direção de Marlon. – Impossível.

– Não, não é – retrucou o guardião do espelho.

Thomas, tentando se reconciliar com Marlon, implorou ao rapaz:

– Por favor, diga-nos algo que faça sentido. Você é a única pessoa apta para nos ajudar, e eu sei que se há alguém que pode colocar um fim nisso, esse alguém é você.

Marlon suspirou. Diana pareceu ter notado nele um breve sorriso tímido.

– Quero estar equivocado. Jasper pode estar vivo. A energia liberada pelo espelho era muito semelhante à de Jasper.

– Como sabe disso? – disse Diana, arregalando seus olhos castanhos.

– Nos inúmeros livros deixados por ele, Jasper descreveu a própria energia. Cada pessoa tem uma intensidade e a dele era bem... peculiar.

– E por que isso é ruim? – James perguntou. – Digo, Jasper ter voltado.

– Porque Jasper nasceu em 1842 e se ele está vivo até agora...

– Ele está com a Insígnia do Tempo! – Diana concluiu.

– Exato – Marlon disse em um tom de desânimo.

– Ou ele pode ser um MR, não? – Thomas perguntou para Marlon.

– Se ele fosse um, a energia liberada pelo espelho seria quase nula.

James suspirou, ajeitando-se no sofá com uma postura mais ereta.

– Entendi – disse James.

Marlon alertou-os:

– Tomem cuidado redobrado. Pelo que sei, Jasper pode não ser uma boa pessoa. – Olhou para a garota. – Ele não é nosso amigo, pois queremos destruir as insígnias para aniquilar os seus poderes, e temos de recuperar a Insígnia do Tempo.

– E, em compensação, Jasper precisa delas unidas e intactas – Thomas concluiu. – Elas estão lá em casa, desprotegidas. Por isso não podemos demorar.

– Por que não as trouxeram até aqui? – Diana se dirigiu a Thomas.

– É preciso de magia para removê-las para longe – respondeu.

Marlon fez que sim com a cabeça.

– E quanto ao bilhete? – Diana questionou.

Marlon respondeu:

– Vejamos... – Levantou-se, andando de um lado para outro. – Marlon, pense!

– Viu? Falando sozinho – James sussurrou para Thomas.

– Deu! – ele disse para o irmão.

– Já sei! – Marlon exclamou. – Tinha um pergaminho que eu encontrei há muito tempo em Dark Night Valley. Nele estava escrito:

"A Phoenix tem o duplo poder
As almas não mais o possuem
Mas todos almejam ter
O que os poderes duplos excluem."

– Não consegui compreender a mensagem – Thomas disse.
– Nem eu – Diana concordou.
James ficou em silêncio.
– Quer dizer... – Marlon explicou – que o duplo poder seria o da vida e o da morte, os quais estariam sob controle da Insígnia da Fênix...
– Cujo poder se alojou em outro colar – Diana completou.
– Exato. – Marlon confirmou com a cabeça. – As almas não possuem mais a vida ou a morte, elas estão em transição em um mundo paralelo ao da Fênix. Todos desejam extrair esse poder para si, que seria o tempo. A Fênix não o tem, mas o controla, e a única coisa que os poderes duplos, ou seja, o da vida e o da morte, excluem é o tempo.
– E isso quer dizer que devemos detê-lo – Thomas vociferou. – Ele deverá nos procurar para tentar capturá-las.
– Ok, mas e o lance do recado da Fênix? – James perguntou ao rapaz.
– "Recado p-H-o-e-n-i-X", James – retificou Thomas.
– Vamos fazer o seguinte... – propôs Marlon. – Tentaremos achar algum nome próprio para o 'H', já que está em maiúsculo, tanto faz se é de pessoa ou lugar. – Fez uma expressão de concentração, comprimindo seus lábios enquanto franzia a testa.
James fez um gesto positivo com a cabeça. Thomas parecia compenetrado.
– Helen – disse Diana.
O guardião do espelho sorriu.
– Ânimo, pessoal! Só faltam mais seis letras! – James disse em tom de ironia.
– Letra "i" de insígnia?
Marlon comentou:

– Não, pois o "i" já tem dono. – Sorriu. – "I" é de "interior".

– Por quê? – perguntou Diana.

– Era uma palavra vista o tempo todo nos livros e anotações dos alquimistas, pois no interior das insígnias se localizava todo o poder.

– Se a gente substituísse "insígnia" por um sinônimo? – Diana disse.

– Substituindo por... vejamos... emblema! – Thomas exclamou. Marlon parou de andar na mesma hora.

– Bem pensado – disse James. – Agora terei de descobrir alguma coisa para empatar.

– Não é uma competição. – Marlon balançou negativamente a cabeça.

James pareceu não ter dado ouvidos ao rapaz.

– Já sei! – exclamou James. – Se é um recado, este deverá ser destinado a alguém. Usamos a palavra "para", ou seja: para Helen... emblema!

– Isso – disse Marlon.

– O "n" deve ser mais uma preposição. Que tal "no"? E o "o" pode ser apenas "o"? – Diana virou-se para o guardião do espelho.

– Agora me perdi – comentou James.

– Então ficaria: "para Helen, o emblema no interior". E o "X"? – Marlon encarou a expressão vazia de James.

– Sabe os mapas do tesouro? – James disse animado. – Quando os piratas queriam marcar a localização do ouro e das pedras preciosas, eles usavam um "X", e este "X" era quase sempre feito na cor vermelha.

– Bem notado. – Marlon se sentou ao seu lado.

– Agora eis a questão: o que isso tudo significa? – James perguntou.

– Recado para Helen, o emblema no interior X – Marlon pronunciou as palavras alto e bem devagar. – Há anos li um poema intitulado "Emblema da PHOENIX", de Bailey. – Virou-se para Diana. – Nele estava escrito que o poder da Fênix não poderia ser desfeito a não ser pela união de todas as insígnias. Segundo Bailey, a insígnia só era uma prova material de que o poder delas existia, e só com a união de todas elas os poderes voltariam para cada insígnia e deixariam de vagar por aí, a não ser pela Insígnia do Tempo, pelo jeito.

– E daí? – James arregalou seus olhos.

Marlon se adiantou:

– E daí... que isso nos remete à ideia de que o poder da Fênix está numa pessoa e não mais em uma insígnia. Bailey escreveu na capa de um de seus livros que "o interior precede o material" inúmeras vezes.

– E o "X" seria uma marcação feita em uma pessoa para se saber onde está o poder? – Diana perguntou.

– Não. – Marlon se levantou. – Para Bailey, haveria um "X" em um colar... – Franziu a testa, indo em direção à garota. – Deixe-me ver o seu. – Estendeu sua mão na altura do rosto de Diana.

Ela lhe entregou seu colar.

Marlon o revirou em suas mãos, fazendo a pedra azul entrar em contato com a luz das velas acesas na sala. Ela cintilava um brilho azulado muito intenso.

Feita a perícia, Marlon concluiu:

– O "X" está aqui... – Aproximou o colar em sua direção para que a garota o visse. – Bem pequeno no seu interior, veja. – Entregou-o nas mãos de Diana.

O rosto de Marlon ficou pálido. James arregalou ainda mais os seus olhos e Thomas permaneceu calado.

Trêmula, a garota segurava a pedra azul gelada, apertando-a ao fechar a palma de sua mão.

Ela estava perplexa ao chegar a uma conclusão que a deixou sem rumo: o poder da Fênix lançara a sua maldição em Diana.

CAPÍTULO XIII

Cores quentes

Diana estava atônita. As palavras de Marlon deixaram de fazer sentido naquele momento. Ele tinha o dever de estar errado. Muito errado.

Ainda em silêncio e com o colar em suas mãos, a jovem mais parecia uma estátua de pedra. James entrou em desespero enquanto Thomas tentava processar aquela informação.

– Mas que m...

– Ei! – Thomas o repreendeu.

James não deu atenção ao irmão.

– Quando tudo está se alinhando, começa a desandar de novo. – James se levantou para demonstrar sua raiva.

Thomas observava o irmão andar de um lado para o outro em passos apressados.

– Isso não vai adiant...

James cortou sua fala:

– É mesmo? – disse em um tom de ironia, elevando sua voz, deixando-a ainda mais aguda do que o habitual para irritar Thomas, que balançou a cabeça ao mesmo tempo em que dava de ombros.

– E agora? – Diana preocupou-se.

Eles ficaram em silêncio. Marlon dirigiu-se à escada e, depois de alguns minutos lá em cima vasculhando os cômodos daquele andar, fez um sinal com a mão para Diana.

Thomas e James estavam tão compenetrados em analisar o problema que não perceberam o gesto do guardião.

Diana levantou-se e subiu as escadas enquanto fitava a expressão de mistério do rapaz.

– Estou lhe devendo um belo de um macarrão com pesto – disse o guardião.

A garota suspirou e sorriu.

– Temos como reverter isso? – Diana olhava para o chão com um olhar bem desanimado.

– Provavelmente – respondeu.

– Tenho a impressão de sua preocupação estar em outro lugar.

– Outro alguém – retificou o rapaz.

– Seria...? – Diana arqueou as sobrancelhas.

– Helen... – Marlon olhou para a garota – ou então Jasper.

Marlon caminhou até a segunda porta à direita e a encarou por instantes.

Diana já visitara aquele cômodo uma vez, quando um morto renascido tentara invadir a casa de Marlon.

– Sei... – disse a garota, agora com mais firmeza em sua voz.

– Você já esteve aqui. – Abriu a porta.

Marlon fez um sinal para a garota entrar naquele cômodo. Diana teve a estranha impressão de que os móveis tinham sido trocados de lugar. Aqueles lençóis pareciam um pouco encardidos.

— Estive.

— E, se estou certo, você sabe o que é isto, não? — Virou-se para a garota e apontou para o grande objeto de mais ou menos três metros de altura coberto por um lençol. O mesmo que ela julgara ser o Espelho das Almas.

— É o espelho. — Encarou o objeto.

— Correto. — Marlon pegou o lençol em suas mãos e o puxou, descobrindo o Espelho das Almas.

— A moldura é... — Diana se aproximou.

— Linda. — Sorriu. — Ela foi entalhada à mão por um grande artesão da época.

— Quem o criou? — Diana passou delicadamente a ponta dos seus dedos pela moldura de bronze.

— Ninguém sabe. — Franziu a testa. — Você começou a sangrar pelo nariz.

Marlon tirou um lenço de seda branco do bolso de sua calça e enxugou a gotícula de sangue que escorria de uma das narinas de Diana.

— É normal isso acontecer?

— Agora, sim. — Balançou positivamente a cabeça.

Ele pôs o lenço de volta no bolso quando Thomas apareceu por ali.

— Então esse é o espelho? — disse com uma voz mais fina que o normal. — Parecia maior nos contos.

Thomas deu alguns passos adiante. Marlon pareceu hesitar.

— Sempre parece — respondeu.

— Nós já vamos — Thomas anunciou.

Sua voz parecia embargada de tristeza.

— Protejam-na — Marlon ordenou. — Fiquem de olho nas insígnias também.

— Ou alguém vai afaná-las! — James complementou, gritando lá do primeiro andar da casa.

– Ele está certo – disse o guardião contra sua vontade.

Eles desceram as escadas. O irmão de Thomas já o esperava próximo à porta de entrada, dizendo:

– É melhor se apressar. – Ergueu suas sobrancelhas enquanto vigiava o olhar curioso de Diana no guardião do espelho.

Os três saíram da casa de Marlon. Thomas balançava a cabeça ao mesmo tempo em que a garota fitava o gramado do jardim nada bem cuidado de Marlon com um olhar descontente.

James suspirou.

– E os três saíram – cantarolou.

Thomas lançou um olhar sério com a intenção de repreender o irmão.

Eles entraram no veículo de James, que desta vez se sentou ao volante.

– Tem certeza? – indagou Thomas, questionando sua falta de prudência no trânsito.

– Tenho, sim. – Ajeitou-se no banco.

Diana rapidamente colocou o cinto de segurança. Thomas fez o mesmo quando seu irmão pisou no acelerador com toda a sua força.

Sem falar quase nada com os dois durante o percurso, Diana relembrava a cena em que Marlon virava o colar em suas mãos à procura do "X" e o encontrara gravado no interior daquela pedra azul. Ela sentiu calafrios ao cogitar a hipótese de virar cinzas literalmente.

Diana calada. Thomas chateado. James imprudente no trânsito. Esta era uma combinação perigosa.

– Cuidado! – alertou Thomas ao ver que o rapaz passou por uma viatura policial bem acima do limite permitido.

– Ótimo – disse ele.

– Agora temos de parar... – Fez uma pausa ao ver que o irmão havia acelerado ainda mais. – James, é aconselhável parar!

– Aconselhável é chegar o mais rápido possível ao nosso querido lar – disse, olhando para Thomas. – E as insígnias, como ficam?

Thomas balançou negativamente a cabeça.

– Faça como quiser.

Diana estava distraída. Talvez ainda pensando sobre a Insígnia da Fênix.

– Tudo bem? – perguntou Thomas.

Ela fez que sim com a cabeça, lançando-lhe um olhar desapontado.

– Não se preocupe, não... Sempre dá certo no final.

Thomas aproveitou para retrucá-lo.

– Só em finais de histórias de romance, James.

Diana suspirou. Outro problema surgira.

Eles percorreram mais alguns quilômetros antes de chegar a poucos metros de sua casa. Haviam despistado a viatura da polícia, para o alívio de Thomas.

– Marlon ainda está com a mania de manter tudo em pleno sigilo? – debochou James, virando-se ainda mais para a direita com a finalidade de enxergar melhor a expressão da garota.

– Pelo jeito, sim.

– Nada mudou desde... – James cortou sua fala. Ele desacelerou o veículo até pará-lo por completo. Desligou o motor. – Mas que droga é essa?

Eles avistaram uma janela quebrada. Todos saíram do carro e andaram em direção à casa.

– Alguém arremessou algo na nossa janela! – Thomas disse surpreso.

– Última coisa que eu podia imaginar ao olhar para essa cena – ironizou o irmão.

Diana franziu a testa.

– Um simples vandalismo? – deu um palpite.

Thomas pegou a chave e abriu a porta. Eles entraram, exceto James, que parecia querer analisar melhor lá de fora.

– Entre, James. Pode ser perigoso ficar aí – seu irmão o alertou.

– Ainda não. – Agachou-se no gramado.

Enquanto subia as escadas, Diana disse a Thomas:

– Deixa ele.

Finalmente, entrou em seu quarto. E tomou uma decisão: preencher o arquivo "Relatos sobre a chave" com algumas informações nem um pouco animadoras, após pegar seu notebook e se sentar na beirada da cama:

"Relatos sobre o colar, chave... ou maldição?

Voltamos da casa do guardião do espelho. E as notícias são as piores.

Lembro-me das poucas horas que Marlon e eu tivemos para conversar. Em algum momento, ele mencionara algumas peculiaridades presentes nas insígnias e, em especial, na Insígnia da Fênix.

O guardião havia me dito algo sobre a localização da maldição – e é este o único substantivo adequado para descrever este poder – que no passado se impregnara no corpo de Helen: o colar o qual chamamos de insígnia não abriga mais este poder iníquo. Segundo Marlon, ele estaria alojado em um outro colar. Agora, meu colar se encontra com a maldição.

Não direi que estou confiante, porque grande parte do otimismo se esvaiu no instante em que Marlon girou a pedra em suas mãos e encontrou o "X", sendo que o colar em que o "X" estivesse marcado abrigaria a maldição da Fênix.
É uma maldição, pois ninguém deseja possuir tal poder. Esvair-se em cinzas todos os dias é um destino cruel."

Diana salvou o arquivo e desligou o notebook. Não havia mais nada que pudesse fazer a não ser cochilar.
Amanheceu.
Missy estava lá em baixo. Pelas risadas de Thomas, ela havia resolvido mostrar uma de suas habilidades na caça a ratos de brinquedo.
Ela balançou a cabeça.
Após tirar do guarda-roupa um vestido azul-marinho longo, dirigiu-se ao banheiro. Era uma boa hora para tomar um banho e deixar suas preocupações escoarem pelo ralo.
Ao terminar, a jovem seguiu para o quarto.
Aquele dia transcorreu sem nenhuma surpresa, nem boa nem ruim. Nada. Thomas resolvera sair por algumas horas, já James deixara tudo de lado para bancar o detetive e solucionar o mistério da janela quebrada.
Anoiteceu.
Diana tentou dormir, mas a insônia a impediu de se divertir no mundo dos sonhos. Sua gata de estimação apareceu por ali. Estava igualmente agitada, parecia um reflexo de como Diana se sentia naquele momento.
Depois de quase duas horas tentando dormir, a garota finalmente sonhou com algo. Torcia para continuar a ser um sonho. Agradável. Tranquilo. O que não aconteceu.
Desta vez, o pesadelo foi curto, mas o suficiente para causar-lhe agonia.

Era noite. Ela se encontrava em uma floresta. Muitas pedras afiadas estavam no chão e era difícil se desviar delas. À medida que Diana andava, seus pés sangravam devido a alguns ferimentos.

Uma cesta – bem semelhante àquela que vira em um de seus últimos pesadelos – repousava sobre o chão.

A cada passo, as pedras em seu caminho começavam a sumir, mas em compensação, davam espaço a um solo pantanoso.

Diana se aproximou. Agachou-se. Ao abrir a cesta, viu algumas penas de pássaro grandes na cor laranja.

Ao olhar para a frente, viu uma garota. Era como olhar para o seu reflexo em um espelho, porém com algo muito incomum: os olhos da outra Diana possuíam íris alaranjadas. E a tal garota deu um grito.

Diana acordou. Seu coração estava mais agitado que o normal, contudo, longe de estar com os batimentos bem acelerados. Levou uma hora para dormir novamente.

Quando o dia amanheceu, ela havia tomado duas decisões: a de ir a um cabeleireiro mais próximo para tonalizar seus cabelos loiros de ruivo e a de se distrair um pouco.

Diana se vestiu. Colocou uma saia longa verde-escura e uma regata preta. Calçou botas de cano curto pretas e prendeu seu cabelo em um rabo de cavalo. Antes de sair do quarto, pegou sua bolsa-carteiro verde-oliva.

Foi até a cozinha, mas não avistou Dulce. Thomas e James ainda estavam dormindo.

Pegou um táxi e foi a um salão de beleza.

O taxista não queria conversa. Diana também não.

Depois de cinco minutos, ela sentiu algo quente escorrer pelo nariz.

– Seu nariz está sangrando – alertou o taxista.

Ela pegou um lenço de sua bolsa e enxugou suas narinas. Marlon dissera que aquilo seria normal dali em diante.

Ao chegar ao salão de beleza, explicou o que queria, e a mudança exterior também começou. O lugar tinha uma decoração minimalista. O ambiente era pequeno, mas bem organizado.

Foi rápido. Seus cabelos estavam prontos. E ruivos. Um ruivo alaranjado. Ela sentia a necessidade de fazer uma mudança, nem que esta fosse somente em seu exterior.

Após mudar seu visual, foi à lanchonete ao lado do salão e pediu um milkshake de morango em uma embalagem para viagem. Foi tomando a bebida enquanto voltava para casa de táxi.

Chegou à casa e abriu a porta.

James ficou transtornado ao vê-la.

– Como você sai sem avisar? Procuramos você em todos os cantos da casa, até mesmo debaixo da cama! – exclamou James com notória preocupação em sua fisionomia.

Ele vestia calças jeans e camiseta branca. Calçava tênis pretos e andava de um lado para o outro enquanto balbuciava "meu Deus" e "que perigo" diversas vezes.

Thomas parecia mais calmo.

O rapaz estava vestido de outra forma: calça jeans, alpargatas de couro marrom e uma jaqueta de couro preto por cima de uma regata amarela.

– Belo tom de cabelo. Gostei. – Cruzou os braços.

Diana ficou calada e Dulce apareceu por ali.

– Amei! Você tem bom gosto. Agora ficou mais... natural, embora aquele tom de loiro ficasse lindo também. – Dulce olhou a expressão de James e se calou.

Diana sorriu para ela.

– Depois, James. – Thomas virou-se para o irmão. – Agora temos coisas mais importantes para fazer.

– Coisas? – Diana arqueou as sobrancelhas.

– Sim – James respondeu com um tom seco. – Visitaremos Phillip mais tarde, não acredito que ele ainda fique inerte diante de tanta coisa ruim ocorrendo.

– E... eu vou junto? – perguntou Diana.

– Se eu dissesse que não isso te impediria de ir mesmo assim? – James exaltou-se.

A garota balançou negativamente a cabeça enquanto fitava o chão.

Thomas abafou seu riso com as mãos. A persistência de Diana desconhecia limites.

Ela subiu as escadas e sua gata foi atrás. Ao entrar no quarto, percebeu uma presença lá dentro.

– Ei! – disse Dulce.

Ela estava perto do guarda-roupa.

– Que susto, Dulce. – Diana passou a palma de sua mão na testa.

A empregada suspirou.

– James está mais tenso do que nunca. – Arqueou as sobrancelhas.

Ela vestia um vestido branco cujo comprimento ia até os tornozelos. Desta vez, nada de salto, apenas um chinelo verde-água. Dulce usava diversas pulseiras, cada uma com bolinhas de uma cor. Diana encarou-as por alguns instantes.

– Para combinar com o seu cabelo. – Dulce tirou uma pulseira de bolinhas laranja e deu para a garota.

– Obrigada, não precisava. – Esboçou um tímido sorriso enquanto a colocava em seu pulso esquerdo.

– Conte-me. – Fitou o olhar de insegurança da garota.

Diana hesitou por tempo demais.

– Nem sei como contar. – Fez uma pausa enquanto se sentava na beirada da cama. – Sabe quando tudo começa a dar errado e você só espera mais coisas ruins a caminho?

Dulce se sentou ao seu lado.

– Não é bem assim, pelo menos não aconteceu o pior. – Balançou negativamente a cabeça.

Diana deu de ombros.

– Descreva a pior situação – disse com um tom de voz ainda mais desanimador.

– Sei lá. – Dulce torceu a boca. – Você ter aquele poder da Fênix que Helen tinha. – Deu uma gargalhada. – Imagina só.

Ao olhar para a jovem, Dulce viu um semblante muito sombrio. E tenso.

– Acertou.

– Espere. – Levantou-se antes de prosseguir, virando-se para Diana com um ar estupefato. – Você vai virar cinzas? – Esganiçou, arregalando seus olhos negros e grandes.

– Eu... ainda não sei, talvez não hoje ou depois... – Balançou a cabeça.

– Como vocês descobriram? – Dulce abriu o guarda-roupa da garota para que Missy parasse de arranhá-lo, pois a gata queria entrar nele.

Voltou a se sentar ao lado da garota para ouvir seu relato.

– Foi o Marlon. Ele disse que havia um "X" no meu colar. E isso não é nada bom.

– E tem mesmo um "X"?

Ela confirmou com a cabeça.

– Um bem pequeno.

– Diana, o seu nariz está sangrando. – Olhou para a garota com espanto. – O que você tem?

– Eu tenho a Fênix.

CAPÍTULO XIV

A descoberta

Elas conversaram por mais alguns minutos antes de Dulce sair para preparar o almoço daquele dia: frango frito com cenouras e purê de batata-doce. Era o prato que James mais gostava de comer. E Dulce o fazia como ninguém.

Diana fechou a porta e a trancou. Encostou as costas nela e escorregou até o chão para se sentar. Com as pernas encolhidas, envolveu seus braços para abraçá-las e cerrou os olhos castanhos. Mas o que Diana não sabia era que suas íris já não estavam mais castanhas, e sim alaranjadas.

A garota logo despertou para a realidade ao sentir a gata se encostando levemente em suas pernas, com o intuito de ganhar carinho. Passou a mão sobre a pequena cabeça de Missy e deslizou até sua coluna. Após isso, a bichana ergueu a cauda e foi se deitar na cama.

Diana temia que o poder da Fênix pudesse lhe atingir com tudo. Será que Helen estaria por trás daquilo?

– Talvez um dia – murmurou.

E talvez um dia ela soubesse o que estava acontecendo. Diana suspeitava de algo: Helen poderia estar viva na forma de um morto renascido. E por que não estaria?

Se havia alguém considerado especialista no poder da Fênix, este alguém seria Helen. Ela convivera durante anos com a maldição e mesmo assim não havia desistido de ser feliz ao lado de Brian, seu único e verdadeiro amor. Mesmo morrendo e renascendo das cinzas todos os dias, fora forte o bastante para ultrapassar a maior barreira da história: a morte.

As pálpebras da jovem começaram a ficar pesadas. E mais pesadas. Mas não era de sono. Notou uma energia correr em suas veias. Energia forte. Dominadora.

Levantou-se, passando as mãos pelo corpo. Algo estava fora do comum e isso só podia ter relação com a Fênix. Seus olhos já não mais queriam permanecer abertos. Diana não era mais a mesma.

Thomas pareceu adivinhar que a garota precisava conversar com alguém. Bateu à porta umas quatro vezes antes de anunciar sua presença com a voz firme.

– É o Thomas.

Diana destrancou a porta. Suas íris voltaram à coloração normal.

– Entre. – Fez um sinal com a mão para o rapaz entrar.

Ela notou a preocupação de Thomas e logo percebeu o porquê de ele estar assim.

– É melhor ver o seu rosto – alertou-a, apontando para o nariz da jovem.

Diana se posicionou bem à frente do espelho do guarda-roupa. Viu mais um sangramento em suas narinas.

– Não conte ao James. – Fez uma pausa enquanto enxugava as gotículas de sangue com o dorso da mão.

Ele prometeu enquanto chegava mais próximo da garota:

— Não contarei. — Tocou no ombro da jovem. — É a Fênix, não é?

Diana fez que sim com a cabeça.

— Temos de nos unir, agora! — Ela arqueou as sobrancelhas. — James me parece...

Ele completou sua fala:

— Contra usar as palavras "unir" e "Marlon" numa mesma sentença.

— É, ele precisa mudar. — Diana deu de ombros.

— E logo...

— O cerco está se fechando, eu sei. — Ela suspirou. — Temos o dever de falar com o senhor Phillip ainda hoje.

Thomas fez que sim com a cabeça antes de sair do quarto.

Poucos minutos depois, James apareceu à porta.

— E aí, fujona? — Apoiou-se. Suas costas estavam se escorando na parede do quarto de Diana. — Troque de roupa e... vamos logo!

James deu alguns passos para fora do quarto.

— Por quê? — Adiantou-se, fazendo-o retornar.

— Porque você usou esta roupa antes e deve ter sido vista por alguém. — Fez uma pausa. — Olha, só mude de roupa, ok?

Um pouco revoltada com a resposta rude, ela acenou com a cabeça de maneira forçada.

Se James queria que ela usasse uma roupa diferente, era isso que iria fazer. Após vasculhar o guarda-roupa, pegou seu suéter azul-claro com um gato estampado e uma calça jeans bem desbotada, na qual tinha milhares de pequenos cristais incrustados, e se trocou rapidamente. Colocou um tênis *All Star* preto e saiu do quarto às pressas.

— Sério mesmo? — James a olhou de cima a baixo. — Gato, brilhos cansativos e... uma pegada emo? Eu mando você vestir alguma coisa e você vem com isso? — Franziu a testa e sua voz ficou extremamente fina ao pronunciar a última palavra.

– Qual é o seu probl... – Diana vociferou.

Mas Thomas a interrompeu, passando entre os dois com a chave do carro de James nas mãos:

– Até hoje não sabemos – disse antes de sair de casa.

Diana o seguiu e James trancou a porta.

– Temos de ajeitar essa janela – ele comentou.

– Aproveite e faça isso na volta. – Diana o fulminou com o olhar.

– O que tem de errado... – Ele olhou para o rosto de Diana e jurou ter visto as íris da garota mudarem de coloração.

– Que foi? – Ela se virou para James, mas seus olhos já estavam normais.

– N-nada, não – disse perplexo.

Thomas chamou sua atenção:

– Anda, James.

Os três entraram no carro. Diana se sentou atrás, pois não tinha a intenção de se sentar perto do rapaz.

– Eu dirijo. – Ele esbarrou em Thomas, que havia se adiantado para se sentar no banco do motorista. – Você é muito lerdo.

– Obrigado! – Thomas disse em um tom de ironia.

James ligou o motor. Diana se alongou no banco de trás e Thomas se certificou de que o cinto de segurança cumpriria o seu papel de protegê-lo das insanidades cometidas pelo irmão no trânsito.

Depois de passarem por cinco sinais vermelhos e quase terem atropelado um cachorro – Diana murmurou desaforos ao rapaz naquele momento –, eles finalmente chegaram à livraria.

O percurso foi mais entediante que da primeira vez que a garota visitara a *The Lost Ghosts*. E Phillip havia acertado no nome, pois o lugar, abandonado daquele jeito, estava ainda mais vazio e, desta vez, sem o proprietário.

Ao saírem do esportivo amarelo de James, os três estranharam o fato de a porta estar aberta. E o mais estranho: Phillip estava ausente e não havia ninguém lá para substituí-lo, a não ser as aranhas residentes do local.

– Não gosto disso – disse Diana.

Thomas olhava surpreso para o chão da livraria. Por fim, comentou:

– Este abandono não foi planejado. Olhem. – Apontou para um objeto no chão.

– E agora? – Diana questionou ao ver a tristeza de Thomas estampada em seu rosto, pois os óculos de Phillip estavam caídos, com as lentes quebradas.

– Fale. – James se aproximou.

Ao ver também o objeto que repousava no chão, calou-se.

– Phillip poderia ter sido útil. Será que ele...?

Thomas o repreendeu:

– Não... diga... isso – disse pausadamente.

– Ele saberia o que fazer. – James fez uma pausa para suspirar. – Vamos embora.

Diana retrucou o rapaz, exaltando-se:

– Temos de encontrar algum vestígio, uma prova de que ele foi sequestrado ou... – Balançou a cabeça. – Não vou embora agora. Eu vou ficar!

– É a Fênix falando – James disse de um jeito ríspido.

Thomas retrucou:

– Pode até ser, mas isso não quer dizer que ela esteja equivocada.

James olhou para a saída antes de se pronunciar a favor do irmão:

– Tudo bem, a gente se encontra lá fora.

Eles saíram da livraria. Diana agora estava sozinha.

Deu uma espiada pela pequena janela empoeirada. Thomas parecia resmungar enquanto James se ajoelhava a fim de encontrar algo que mostrasse o que acontecera de fato.

Enquanto dava uma de detetive amadora, Diana se ajoelhou também, mas do lado de dentro da livraria, enquanto Thomas se distraía tentando ligar para alguém. Diana o espiou.

Infelizmente, notou uma revolta no olhar do rapaz, pois ele não estava tendo êxito em completar a ligação. Parecia mesmo que os arredores eram um dos poucos locais da cidade em que não havia sinal, perfeito para tornar as pessoas ainda mais incomunicáveis e vulneráveis.

Não adiantou procurar em nenhum lugar. O que quer que tivesse acontecido ali, fora bem planejado. Nem uma boa perícia feita por profissionais qualificados poderia resolver o caso do sumiço de Phillip.

Diana se lembrou da senhora Collins. As saudades já não mais cabiam em seu peito. Pensou que Sara também havia desaparecido. Sim, de outra forma, mas desaparecera.

E se o assassino da senhora Collins for o mesmo responsável pelo desaparecimento do senhor Phillip?, Diana cogitou.

– Tudo bem aí? – James questionou.

A garota fez que sim com a cabeça.

– É.

– Resposta vaga. – Ele cruzou os braços. – Desembuche.

– Marlon me disse...

– E lá vem bomba – James a interrompeu.

Diana retrucou:
— É importante — disse com uma voz firme até demais.
— Certo, certo... — Ele arqueou as sobrancelhas. — Continue.
— Lembra que ele nos contou sobre alguém saindo do Espelho das Almas?
— Sim.
— E se esse alguém estiver envolvido no desaparecimento do senhor Phillip?
— Olha... — James coçou a cabeça. — É provável, mas nem temos ideia de quem seja este alguém.
— Mas o Marlon pode se beneficiar com esta informação.
— Tá bem, vou mandar uma mensagem para ele. Nem morto eu o visitarei de novo em tão pouco tempo — James reclamou.
Diana suspirou:
— Ai, pare de ser tão dramático, isso é...
Thomas entrou na livraria às pressas, cortando a fala da garota:
— Inacreditável! — exclamou, chacoalhando o celular em sua mão. — Recebi uma mensagem do Marlon!
Se eu escutar o nome "Marlon" mais uma vez, eu...
— Por qual razão o Marlon iria nos mandar uma mensagem? — Diana questionou, aproximando-se do rapaz a passos apressados.
— De novo — murmurou James.
— Mais uma pessoa saiu do espelho, segundo ele.
— Então é mais um para a festa — caçoou o irmão.
Thomas guardou o celular no bolso da calça.
— E mais uma coisa: pode ser a Helen.
— Helen e Jasper... Maravilha. Por que não vem o Brian também? — James disse com um tom de voz bem agudo.
— James — alertou Thomas.

– Eu vou lá fora procurar por pistas! – O irmão ressaltou a última palavra antes de se virar para os dois e seguir em direção à saída.

– Fala sério – resmungou o outro.

James saiu antes de escutar as palavras dele, e Diana se aproximou ainda mais do rapaz.

– E se a gente não achar mais nada? – ela questionou.

– Eu...

Antes de Thomas conseguir responder, James interrompeu o irmão:

– Vocês não acharam nada, mas eu, sim! – gritou. – Venham aqui, rápido!

Os dois se olharam e correram em direção à porta da livraria.

Agora Diana e Thomas pisavam no gramado. James estava a poucos metros de distância.

– Como não notamos essa foto aí antes? – Thomas se perguntou.

Diana permaneceu calada.

A garota olhava para a foto em preto e branco jogada naquele gramado.

James a pegou do chão. Virou-a em suas mãos.

– Nenhuma assinatura, data... – Torceu a boca. – Nada.

– Quem é ele? Será... – Ao ver bem a foto, ela se lembrou da descrição de Marlon a respeito de Jasper.

O rapaz da foto aparentava ter uns vinte e poucos anos de idade, cabelos ondulados escuros, olhos negros grandes e uma pele – que, mesmo na foto em preto e branco, dava para perceber – muito alva.

– Será o quê, garota? – James estava impaciente.

– Jasper, o criador de insígnias! – a garota exclamou.

– Ah, não...

– Pelo menos bate perfeitamente com a descrição que o Marlon me deu – ela disse após ver o desânimo no olhar de James.

– Pode ter sido uma pista deixada pelo senhor Phillip de quem o tenha sequestrado... – Thomas deu um palpite.

– Ou pior – James complementou.

Desta vez, Thomas estava tão compenetrado na descoberta de Diana que deixou de dar atenção para o irmão.

– Como ele é lindo – a garota balbuciou.

Logo percebeu que Thomas havia escutado suas palavras. Suas bochechas ficaram coradas.

– Uhm... Sei agora quem faz o seu tipo. – Esboçou um sorriso tímido.

Diana o repreendeu com o olhar.

– Melhor guardarmos esta foto. – James colocou-a no bolso da calça.

– Não, espere! – alertou Thomas, tirando a foto de lá.

– Ei! – James deu um tapa na mão do irmão.

– Vamos tirar uma foto desta foto e mandar ao Marlon.

James suspirou.

Eles escutaram um estalo bem audível vindo do interior da livraria do senhor Phillip antes que Thomas pudesse enviar a mensagem para o guardião do espelho.

– Estamos sem uma arma – James disse, arqueando as sobrancelhas. – Melhor irmos embora.

– Sem essa. Eu já volto – retrucou Thomas, entregando a foto nas mãos de Diana, que a guardou no bolso da calça.

– Já escutei tanto isso em filmes de terror – dirigiu-se à Diana.

Mas a garota estava presa na sua própria mente. As palavras do rapaz não passavam de sussurros que ecoavam por seu cérebro. Ela estava mais que distraída: estava com a Fênix.

– Alô, alô? – James quase gritou.

– Que foi? – Diana lançou-lhe um olhar mais sério que o normal.

– Esquece, vai. – Deu de ombros.

Thomas voltou. E sua expressão era aterradora.

– Encontrei sangue, eu acho – disse atônito.

– Agora podemos ir? – James arregalou seus olhos castanhos. – Ele tá morto, mortinho, acabou!

Thomas acenou positivamente ao mesmo tempo em que Diana se pronunciava:

– Chega! – urrou.

Thomas e James levaram um susto. Ambos olhavam perplexos para a jovem.

Diana se entristeceu. As chances eram enormes de Phillip estar morto. E, se isso fosse confirmado, a garota bem saberia que fora um assassinato. Mas quem teria cometido tal atrocidade?

Ela se lembrou do enigmático senhor Phillip. E de Sara Van Collins, que também partira daquele mundo.

– Que...

A garota elevou seus braços de uma forma brusca e, no mesmo instante, os baixou.

– Ninguém mais deve morrer por mim!

Ela começou a chorar. Suas lágrimas não paravam mais. Diana havia caído na dura realidade: a realidade de viver.

Thomas se aproximou bem devagar dela.

– Ei... – Abraçou-a contra seu peito.

James deu uns tapinhas nas costas da jovem. Era óbvio que ele não se dava bem com as palavras, então deixou a maior parte do consolo nos ombros do irmão.

Os soluços de Diana ficaram parcos até que desapareceram por completo. Mas sua tristeza estava mais nítida que nunca. Alguns minutos desandando em emoções calorosas foram úteis para os três entenderem a gravidade daquela situação.

James começou a mudar.

– Temos de relatar tudo a ele. – A última palavra saiu bem baixo.

Diana e Thomas sabiam que o rapaz se referia ao guardião do espelho.

– Você dirige? – disse Thomas.

– Melhor não. – James entregou a chave para o irmão.

Mas o rapaz não ficou contente. Sua cabeça estava cheia de caraminholas.

Os três entraram no carro e, sem dizer uma única palavra, percorreram todos aqueles quilômetros em pleno silêncio.

Thomas preferiu deixar o rádio desligado. James parou com suas piadinhas sem graça e Diana estava ainda mais mudada. E esta mudança não era para melhor.

Thomas dirigiu de uma forma bem imprudente, para a surpresa de James. Passou todos os sinais fechados sem ligar para os olhares de repreensão.

Mas havia uma razão: eles precisavam ir para casa o mais rápido possível. Lá era um dos únicos portos seguros agora.

CAPÍTULO XV
O efeito do poder

Eles desceram do veículo após chegarem a salvo à casa.
– Lar doce lar – cantarolou Thomas.
– Lar da janela quebrada. – James bufou.
Thomas se virou para o irmão, parando de andar no mesmo instante.
– Você disse que ia arrumar esse treco!
Diana olhou para James.
– Então arrume você, porque não é fácil! – exclamou James.
– Eu hein! – Thomas arqueou as sobrancelhas e resmungou antes de pegar a chave de casa para abrir a porta.
– Nenhuma surpresa, Deus. – James juntou a palma de suas mãos como se fosse rezar.
– Nenhuma mesmo – balbuciou Diana ao ver as insígnias protegidas ainda nas redomas.
Thomas foi o último a entrar. Ele parecia tenso.
– Tudo em cima? – James deu uns tapinhas no ombro do rapaz.
Ele apenas acenou de forma positiva com a cabeça.

Diana cruzou os braços e fitou o homem. Ainda na sala de estar, Thomas fez um sinal para os dois se sentarem no sofá. Ela obedeceu, já James não, e isso era o esperado.

– Preciso viajar ainda hoje. Pelo visto, mais dois guardiões secundários estão vivos, Marlon me contou sobre eles.

– E por que eu sou sempre o último a saber? – James se alterou.

Thomas explicou:

– Teoricamente, você não é o úl...

Ele retrucou:

– Enfie a teoria no... – James pigarreou ao olhar para Diana. Mas a garota não estava nem um pouco surpresa.

– Estou indo. – Thomas acenou com a cabeça para Diana.

– Sem levar roupas, nada? – ela questionou as decisões precipitadas de Thomas.

– Não – ele respondeu.

– Só com a cara e a coragem – debochou James. – Ao menos leve um dos meus facões.

– Tá.

Diana se adiantou, levantando-se e indo ao encontro do rapaz.

James achou estranho o fato de Thomas acatar seu pedido tão rapidamente.

– Faça uma boa viagem, Thomas. Boa sorte. – Ela o abraçou.

– Obrigado. – Thomas sorriu para a garota.

James se aproximou do irmão, dizendo-lhe:

– A gente se fala. – Deu uns tapinhas nas suas costas. – Quanto tempo isso aí vai levar?

– Alguns dias – respondeu.

– Vai dar tudo certo. – Diana sorriu.

– Estarei no comando. – James virou-se para a garota.

Thomas ouviu o abuso de autoridade do irmão, então avisou:

– Não se exceda – disse de maneira bem incisiva, depois finalmente saiu de casa.

Diana o observou pela janela ainda quebrada. Seguindo os conselhos de James, ele pegou o facão preferido do irmão no porta-malas e deu um sorriso maroto ao ver a expressão enfurecida de James, que também o seguia com o olhar.

– Droga! – exclamou.

Diana rapidamente olhou para ele.

– Melhor trancarmos a porta. – Ela se dirigiu até lá e girou a chave para trancá-la.

James deu de ombros.

– Vamos para a cozinha.

– Por quê? – disse a garota.

– Intuição. – Ele fez uma pausa para inspirar um pouco. – Muffins de chocolate e... baunilha?

– Eu não sinto cheiro nenhum. – Diana estava taxativa.

– Aposta quanto?

A garota deu de ombros.

– Vamos – disse impaciente, enquanto seguia para a cozinha.

James se adiantou e a alcançou. Sorriu ao abrir a porta do forno e ver duas bandejas com doze muffins em cada uma. Uma de baunilha e outra de chocolate.

– Como eu havia dito – falou bem devagar para saborear o gosto de estar certo. James amava isso.

– Ai...

– Ainda bem que o Thomas não tá aqui – sussurrou para si.

– Credo, que maldade! – Diana repreendeu sua atitude.

– Pense o que quiser, garota. – Tirou as bandejas do forno e as colocou na mesa. – Mas eu odiaria se tivesse mais um outro devorador de muffins.

– E eu sou uma devoradora também? – esganiçou, cruzando seus braços diante de sua indignação.

– Você come igual a uma garotinha, mas aquele lá... – torceu a boca – é um trator. Vamos comer.

James tirou dois pratos brancos quadrados do armário. Diana se sentou à mesa um pouco depois de James escolher um lugar e balançou negativamente a cabeça. Mudá-lo era uma tarefa impossível.

Só depois que o rapaz deu sua última mordida no primeiro muffin e o engoliu, Diana começou a criar um clima de tensão no ar.

Tratou de ser direta:

– O que há de tão ruim em ser uma guardiã do espelho? – Colocou um muffin de baunilha no prato.

Antes de responder, James pôs um muffin inteiro na boca e quase se engasgou. Diana segurou o riso ao ver o que a gula era capaz de fazer com uma pessoa.

– Um segundo... – disse de boca cheia. Suas palavras ficaram abafadas por conta da comida. Ele engoliu. – Não é que é ruim... É péssimo.

Ela se assustou.

– Como? – Franziu a testa.

– Pode me olhar feio com essa carinha de anjo, menina, mas é a pura verdade – disse calmamente enquanto se levantava para pegar um copo de leite na geladeira. – Quer?

Ela fez que não com a cabeça.

– Diga o que preciso saber – pediu em um tom de voz bem decidido.

Ele suspirou.

– Primeiro: sendo uma guardiã secundária, você não tem a experiência do guardião principal... – Ao ver que Diana estava pronta para citar o nome "Marlon", ele a repreendeu. – Não diga esse nome!

– Nossa. – Pausou sua fala para encará-lo. – Continue.

– Sei bem pouco da história, mas, se ela for verídica, os guardiões secundários não podem ter uma vida normal, até porque cuidar do espelho e ir em busca da última insígnia é uma tarefa que não permite escolher horários.

— Então eu tenho de achar a Insígnia do Tempo?

— Bingo. — Enfiou mais um muffin na boca. Diana aproveitou para experimentar um bolinho de chocolate.

Faminto, James acabou com mais nove deles e, estupefata, Diana o assistia comer tudo aquilo.

— Pronto. Pandulho cheio. — Massageou seu estômago. — Agora você deve estar se perguntando como ainda tenho este corpinho aqui — disse sorrindo.

— Ai, senhor — resmungou a garota.

— Tá bem, eu vou dar uma saidinha. Tô vendo que Dulce se esqueceu de fazer as compras. O mercado não é longe e meu possante é rápido.

James se levantou, dirigindo-se à sala de estar.

Ela se levantou também, colocando os pratos dentro da cuba da pia.

— Eu posso ir junto. — Suas palavras saíram atropeladas. Diana preferia estar na companhia de James a ficar só.

— Precisa não, aqui é mais seguro. — Deu uma piscadela para a garota.

Diana desanimou-se. Agora estava apenas com sua gata, mas Missy parecia sonolenta e ignorou seu chamado.

Ela sabia que seria por pouco tempo. James voltaria logo e Dulce estaria ali de manhã bem cedo com outras receitas de atiçar o paladar. Só precisava aguentar mais aquele dia.

Deitou-se no sofá. Dezenas de canais foram rejeitados pelo dedo indicador da garota, o qual apertava sem parar o botão no controle remoto. Nada de bom. Desligou a televisão.

Levantou-se e inspirou. Expirou. Girou a cabeça para alongar seu pescoço. Desanimada, andou até a cozinha. Seus pés se arrastavam pelo chão. Conferiu com muita cautela o interior da geladeira. Aquele ar gelado fez os pelos de seu braço se eriçarem.

Nada. Diana começou a ficar entediada, pois estava sem o que fazer. Nem comer ela podia, pois além dos muffins havia apenas queijo, duas caixas de leite, três garrafas de refrigerante e bicarbonato de sódio guardado em um pote transparente. Coisas que não despertavam seu apetite.

Abriu o freezer. Diana lançou seu olhar de vingança sobre o sorvete de creme de baunilha com pistache – o preferido de James – e tirou o pote de meio litro de lá.

– É agora – balbuciou.

Com o único intuito de aborrecer o homem, abriu o pote. Ainda estava intacto. James guardava seu sorvete apenas para ocasiões especiais, geralmente quando matava um "zumbi" ou coisa parecida.

A garota abriu a gaveta de talheres e pegou uma colher de sopa, enfiando-a dentro do pote. Ela pôde sentir a cremosidade daquele sorvete divino, mas escutou uma voz masculina ao fechar a porta do freezer. Não era de James nem de Thomas, muito menos de Marlon.

– Você vai acabar engordando alguns quilinhos assim – disse Jasper calmamente.

A garota derrubou o pote no chão. Por sorte, seu conteúdo não vazou.

O coração de Diana saltou pela boca. Suas pernas estremeceram. Ela o olhava atônita, com os olhos bem arregalados.

Ele usava uma camisa de seda branca com gola reta e mangas três quartos bem esvoaçantes, calças pretas e mocassins da mesma cor.

– Jasper – pronunciou seu nome com o pouco fôlego disponível em seus pulmões.

Diana fitava o olhar sombrio, porém sereno do homem.

– Este é meu nome – disse em tom de deboche. – Marlon deve ter falado muito sobre mim. – Deu a volta pela cozinha, contemplando as duas bandejas de muffins em cima da mesa. Ele parecia preocupado, mas, ao mesmo tempo, curioso.

– Falou. – Diana engoliu em seco, recuperou o fôlego e o soltou de uma vez só. – O que fez com ele? O que você fez com o senhor Phillip? Vimos uma foto sua jogada no chão e...

Quase aos gritos, sentiu sua ira transbordar em palavras, tornando-as ásperas.

O homem pareceu não ligar para sua reação, apenas disse com muita calma:

– Não fiz nada com ele. Quando cheguei à livraria, ele já havia desaparecido. Também fui procurá-lo. – Fitou o olhar confuso de Diana. – A foto deve ter servido para despistar o verdadeiro culpado. Phillip Collins sabia demais e por isso foi contido.

Ela sentiu uma frieza vinda dele.

– Demais? – Arqueou as sobrancelhas. Seu tom de voz ainda estava alterado.

Ele fez que sim com a cabeça. Não estava nem um pouco comovido com o sumiço do senhor Phillip.

– Está com medo?

Diana estava longe de sentir medo. A garota queria entender o motivo pelo qual sentia uma paz dentro de si em vez de temor. Jasper estava lá para cumprir seu único objetivo: ter mais poder.

Ela desconversou:

– Olha, se você fosse mau como dizem, já teria me atacado... ou me matado, então, o que você quer? – perguntou.

Missy entrou na cozinha e Jasper sorriu, deixando pendente o questionamento de Diana.

Agora ele estava agachado. Estendeu a mão com o propósito de acariciar os pelos macios da gata. Ele só queria brincar. Brincar com a situação e os sentimentos ali envolvidos.

Por fim, respondeu enquanto olhava com ternura para o rostinho contente de Missy:

– Eu? Por enquanto, nada. Mas vamos ver se isso muda. – Olhou para ela antes de ir embora com um sorriso maroto no rosto.

Diana franziu a testa enquanto o sorvete derretia. Algumas gotas percorriam uma maratona lenta pelo chão, ao mesmo tempo em que a garota se sentia ainda mais perdida.

Embora sua ânsia por respostas fosse grande, algo a fez paralisar. Diana precisava se manter serena.

Enquanto a silhueta do criador das insígnias se afastava de sua visão, tirou discretamente a foto do rapaz do bolso de sua calça jeans chamativa e deu uma conferida.

– Você ainda está olhando a minha foto?

Diana virou-se rapidamente. Ele não havia ido embora. A garota sentiu suas bochechas ficarem quentes de tão coradas.

– Não estou "ainda"... – disse bem devagar a última palavra – olhando sua foto. Só quis... Deixa pra lá.

Jasper estava se esforçando para não rir.

Ele caminhou em sua direção. Missy veio recepcioná-lo novamente.

– Não se preocupe, eu amo gatos. – Pausou sua fala enquanto olhava para a garota. – Qual o nome dela?

– É Missy. – Diana parecia estar mais abstraída daquela conversa. – Eu posso saber o seu... sobrenome?

– Hunt.

– Ele lhe serve bem – balbuciou. – Bonito sobrenome.
Diana retribuiu o sorriso, mesmo não tendo consciência do que podia estar prestes a acontecer. Caminhou em direção à geladeira e a abriu.
– Acho que você não achará mais nada que queira. Já olhou antes com demasiada cautela. – Aproximou-se da garota.
Diana congelou e, meio sem jeito, perguntou:
– Ãhn... Bom... Você tem quantos anos? Quero dizer, você possui a Insígnia do Tempo, então...
Ele suspirou.
– Tenho cento e setenta e sete anos de idade, mas acho que não pareço ter isso tudo, não é? – Conteve os risos.
Não muito surpresa, Diana ganhou coragem para lhe fazer uma pergunta capciosa:
– Já que está aqui e não é para me matar – afastou-se alguns passos do criador de insígnias –, queria saber mais sobre o poder da Fênix e o porquê de você querer todas as insígnias. Pelo que sei, você está à procura delas. – Sem nenhuma enrolação, foi direto ao ponto.
– O poder da Fênix não pode ser explicado tão facilmente. Não que você não consiga entender. Se ganhou este colar – Jasper apontou para o pescoço de Diana – é porque foi escolhida. E não é que eu queira ter todas as insígnias, é uma simples questão de necessidade. Um dever, não uma opção. Preciso ter o poder delas de uma forma integral. Em relação ao poder da Fênix, você deverá entendê-la não como um todo, mas, sim, parcialmente antes de fazer uma pergunta sobre ele.
Diana não gostou do que tinha acabado de ouvir, pois nada fora esclarecido, e continuou a questionar:
– Uhm... então quer que eu seja mais específica? Está bem. – Deu uma volta pela cozinha. – Digamos que o poder

da Fênix esteja dentro de uma amiga minha e suponhamos que ela queira saber o que acontecerá com ela se o poder se alastrar. Quais são os primeiros sinais dessa mald... ãhn, desse poder?

Ele percebeu a preocupação da garota.

– Bom, sua amiga deverá esperar. O poder da Fênix é extremamente forte e quase impossível de ser detido. Já conhece a história de Brian e Helen?

– Sim – Diana assentiu com a cabeça.

– Brian tentou acabar com a maldição. Durante muito tempo ele buscou antídotos e ervas, fez tudo o que estava ao seu alcance, mas nada adiantou. Helen continuou com a Fênix. O resto você já sabe: Brian literalmente enlouqueceu por causa dela... "pirou"... – balbuciou a palavra. – Vocês utilizam esta gíria atualmente, certo?

Ao escutá-lo falar daquela forma, Diana sentiu vontade de rir, mas se conteve, apenas confirmando com a cabeça.

– É, eu sei da história. – Deixou sua voz em um tom mais sério. – Sinto muito por... tudo.

Ele permaneceu sereno. Depois de alguns instantes, prosseguiu:

– Bom, acho que é isso. – Suspirou. – Resumindo: será difícil você conseguir alguma ajuda.

Por fim, deu as costas para a garota e foi embora.

Diana se sentiu estranha. Se seu corpo fosse um quebra-cabeças, ela certamente tinha a certeza de que havia uma peça faltando. Ou algumas.

Sentiu calafrios. Uma presença incomum habitava sua alma.

O corpo da jovem escritora estava ainda mais frio. Uma paz iníqua se apoderou do seu ser: era a Fênix.

Sentiu seu corpo desfalecer.

– Jasper! – exclamou antes de desmaiar.

CAPÍTULO XVI

As esperanças ressurgem das cinzas

O rapaz voltou. A jovem conseguiu ver sua preocupação antes de tudo ficar escuro e silencioso.

Quando acordou, Diana estava deitada no sofá. Sua visão estava embaçada e por isso foi impossível enxergar as horas no relógio da sala.

Viu um vulto. Era Jasper.

– Está conseguindo me ver? – disse ele, sentado na beirada do sofá.

Ela forçou sua visão, franzindo os olhos. Diana sentiu uma dor aguda.

– Meu joelho...

– Ele ficará bem. Você só o torceu ao cair.

– São que horas, por favor?

Ele hesitou.

– Você ficou cerca de uma hora inconsciente.

– Isso não pode estar acontecendo... – Levou sua mão à testa com o susto.

Jasper fez um gesto com a palma da mão para acalmá-la.
– Procure relaxar – disse calmamente.
– E a Missy? – Diana tentou se levantar, mas sentiu tontura.
Jasper suspirou.
– Ela está bem. Ficou cheirando seu rosto e até dormiu por meia hora perto das suas pernas.
– Obrigada por... ter me ajudado. Você é muito gentil.
– Não agradeça, agora preciso ir. – Ele se levantou.
Diana ouviu a porta se abrir e ser cerrada logo em seguida.
Ela estava convicta da fúria que tomaria James se ele soubesse da aparição de Jasper em sua casa. *Se*. Mas ele não precisava saber, afinal, nada de tão grave acontecera.
E quanto às insígnias? Elas ainda estavam lá, intactas. Diana não entendia o porquê de o rapaz não tê-las levado.
A ansiedade tomava conta de seu ser e, estando à beira de um colapso nervoso, escrever poderia lhe ser útil.
Levantou-se e, sem a companhia de Missy, subiu os degraus da maneira mais imprudente possível: de três em três. Chegou ao quarto, sentou-se na cama e ligou o notebook.
A cada parágrafo finalizado, ela sentia um peso sendo tirado de suas costas.
Embora tivesse escrito pouco, a jovem percebera um detalhe pertinente: Jasper estava sem a Insígnia do Tempo.
Basicamente, Diana escreveu apenas sobre o seu desmaio e a visita que recebera, muito rápida, por sinal.
Salvou o arquivo e desligou o computador. Aquela pequena maçã parcialmente comida iria ficar desconectada por alguns dias.
Andou alguns passos em direção à janela. Observar o movimento lá fora trazia-lhe conforto, muito embora ela só tivesse visto duas pessoas correndo com roupas esportivas.

O sol iria se pôr em menos de duas horas. E nenhum sinal de James.

Ela sentiu uma presença estranha novamente. Era mais ou menos como aquela que sentira na livraria do senhor Phillip. Deitou-se na cama e cerrou seus olhos castanhos com tamanha força que chegou a sentir um pequeno desconforto no globo ocular.

Prestes a cochilar, Diana despertou assustada com o som de um veículo de propaganda barulhento. A garota ficou com ódio mortal daquele anúncio de colchões.

Resmungou e levantou-se bruscamente, pisando com força no chão enquanto andava até o banheiro. Entrou debaixo do chuveiro e tirou a roupa. Enquanto tomava um banho bem quentinho, tentava recordar de tudo, principalmente de Jasper.

Após terminar, correu com uma toalha enrolada no corpo até seu quarto e vestiu um macacão verde-limão.

– Cheguei! – Diana escutou um estrondo vindo da porta da entrada. – Alguém em casa?

– Aqui em cima! – exclamou a garota.

– Ótimo. A Dulce tá ch...

Diana não conseguiu escutá-lo.

– O quê? – Diana perguntou. – Vou descer até aí!

Ela desceu as escadas e entrou na cozinha. James estava guardando as compras do mercado.

– A Dulce tá chegando em... – James olhou para o relógio de pulso – dez minutos, no máximo.

Surpresa, gaguejou:

– M-mas por quê? – Diana exaltou-se enquanto sorria.

– É melhor... Sei lá. – Ele balançou a cabeça. – Será que o molho de tomate fica aqui com o açúcar?

– Não. E o sabão em pó não fica junto com os pães.

– Eita. – Franziu a testa. – Então fica onde?

– Bom, ele fica... – Suspirou. – Deixa que eu arrumo tudo.

James deu lugar para a garota ajeitar as compras. Durante aquele tempo todo, Diana observara a forma como Dulce as guardava, bem como os utensílios de cozinha, então tratou de consertar as besteiras feitas por James.

Depois de tudo estar no seu devido lugar, a jovem decidiu esperá-la na sala de estar. Estava em pé próximo ao sofá ao mesmo tempo em que James consertava algo no motor do carro. As bochechas do rapaz estavam com graxa.

– Oi, lindinha! – Dulce chegou, abraçando-a com força. Vestia uma saia de algodão azul-escura e regata preta. Calçava um sapato estilo boneca na cor preta, e seus cabelos estavam soltos.

– Dulce, precisamos conversar.

Preocupada com o que estava por vir, ela piscou os olhos diversas vezes antes de dizer:

– Ai, menina. Decidiu sair por aí sozinha de novo? – Dava para perceber uma tensão no tom de voz da empregada.

– Mas que droga! Mil vezes droga! – gritou James ao ver que um líquido escuro esguichou do motor bem no seu rosto.

– Jasper entrou aqui.

Dulce arregalou seus olhos negros.

James abriu a porta. Por sorte, sua raiva abafou as palavras de Diana. Ele sacudiu as mãos e esfregou o dorso de uma delas no nariz.

– Vou e volto rápido, tô sem umas ferramentas aqui... – Coçou seus cabelos loiros, que ficaram sujos com um pouco de graxa. Dulce quase riu. Ele olhou para as roupas de Diana. – Tchau, anos oitenta.

Diana sabia que era com ela, mas nem deu bola.

As duas o seguiram com seus olhares atentos e, no mesmo momento em que a porta foi cerrada, elas continuaram a conversa.

– Ele tentou te machucar? – Dulce sussurrou.

– Não, muito pelo contrário. Quando desmaiei, Jasper me socorreu.

Elas escutaram alguns passos lá fora.

– Ainda sou eu. – James entrou na casa e se dirigiu à cozinha. – Que cheiro de sorvete de creme com pistache, estranho...

Diana olhou aflita para Dulce.

– Você mexeu no sorvete dele? – sussurrou, encostando a palma das mãos uma na outra.

Ela fez que sim com a cabeça.

As duas tentaram agir normalmente quando o rapaz passou por elas a passos apressados. Dulce cruzou os braços. James fechou novamente a porta.

– Ufa! – Diana suspirou.

– E aí? – Dulce parecia animada, mas bem preocupada.

– Jasper me disse que ele não quer pegar todas as insígnias por um capricho. É uma questão de "dever", sabe?

Ela olhou ligeiramente para as insígnias.

– Mas elas estão todas aí! – sussurrou sem motivo. – Imagina se essas coisinhas caem em mãos erradas?

– Você tem razão, mas Jasper não é mau – Diana ressaltou.

O ronco do motor do carro de James anunciou sua saída.

– Acho que você deveria saber, embora Thomas e James não queiram. – Dulce fechou seus olhos negros por alguns instantes antes de prosseguir. – Thomas saiu daqui para procurar a cura que você precisa.

Ao escutar a palavra "cura", Diana se exaltou:

– Cura? Não há cura, quero dizer... – Balançou a cabeça, andando de um lado para o outro. – É quase impossível, sem chances.

– Quem disse isso?

– Jasper Hunt – Diana respondeu.

– Hunt? – repetiu Dulce. – Ele te disse até o sobrenome?

– Até... – disse devagar – não. Nós conversamos bem pouco, mas o suficiente para eu não ter grandes expectativas.

Ela deu de ombros.

– Vamos comer uma tapioca. – Dulce puxou a garota pela mão e Diana a seguiu.

Depois de se sentar à mesa e esperar quase vinte minutos, pôde provar mais uma das apetitosas receitas da mulher.

– E então? – Dulce cruzou os braços. – É ou não é a oitava maravilha do mundo?

– Ô, se é! – disse de boca cheia.

Ajudou-a enxugando as louças. Diana estava tão distraída que o cantarolar da amiga foi abafado pelos sons que ecoavam por sua mente. E nenhum deles era de uma música, mas, sim, da voz de Marlon falando sobre as insígnias, até mesmo da voz de Jasper Hunt.

– Ei!

– O quê? – perguntou Diana.

A garota não havia escutado uma palavra sequer.

– Acredito que ele não as destruirá, como nós iremos – disse Dulce. – Pronto, última panela. – Entregou-a nas mãos de Diana.

– Tá.

Enxugou-a com cautela e devolveu para Dulce, que a guardou em um dos armários.

Dulce percebeu seu desânimo e disse algo que nunca deveria ter dito:

– Vamos passear um pouco, um ar fresco vai te fazer bem. – Sorriu.

O brilho no olhar da garota reapareceu. Mesmo correndo o risco de colocar tudo a perder, elas tinham de melhorar o astral.

– Tem um pouco de vento lá fora... como quase sempre. – Bufou.

Diana correu para o seu quarto, pegou um casaco jeans todo desbotado e desceu as escadas com mais ânimo. Elas não foram muito longe, apenas circularam por algumas quadras.

Diana se perguntava se a falta de movimento daquelas ruas era causada pelo extremo frio e as ventanias frequentes e bem treinadas, ou por não haver nenhum comércio atrativo por ali, apenas uma padaria caindo aos pedaços e uma pequena livraria.

Elas pisavam nas folhas secas deixadas pelas muitas árvores do lugar.

– Tenho pensado numa nova receita. – Dulce passou suas mãos pelos cabelos cacheados.

Os de Diana eram levados pela ventania. Pareciam uma junção de vários véus escarlates esvoaçando ao ritmo do vento.

Tudo estava indo bem, até Diana sentir seu coração palpitar rapidamente ao avistar um vulto bem longe, meio escondido perto de uma casa. Era Jasper.

– Dulce, ele está aqui. – Pausou sua fala. – É ele!

A empregada olhou para a mesma direção que a garota e sussurrou algo indecifrável enquanto cruzava os braços de frio.

Hunt se encostou na parede de uma casa bem antiga – provavelmente abandonada – três quadras à frente. De sobretudo marrom, calça jeans e camiseta branca, esboçava um ar soberano. Um ar de quem possui a vida eterna.

Por fim, ao notar a presença de Diana, desencostou-se da parede e se aproximou lentamente.

Antes que pudesse cumprimentá-lo – ou simplesmente lhe dizer qualquer coisa –, Dulce a puxou pelos braços e forçou Diana a retornar. Enquanto isso, resmungava o tempo todo, mas pouco deu para entender.

Ao chegarem à casa, comentou:

– A gente se arriscou demais! – disse para si, porém Diana a ouviu.

De costas para a garota, trancou a porta e girou a chave duas vezes, como se isso fosse impedi-lo de entrar.

– Isso não irá segurá-lo – aproximou-se da mulher – se ele realmente quiser entrar.

– Eu sei. – Virou-se para Diana. – James me contou também que...

Ela hesitou em continuar sua confissão, mas Diana a pressionou.

– Que...? – Arqueou suas sobrancelhas.

– Você deverá encontrar a Insígnia do Tempo. É dever de todo...

Diana completou:

– Guardião secundário, já sei.

– Não é só isso – disse em um tom de voz que assustou Diana. – Você deverá destruir todas as insígnias e matar todos os que voltarem de Dark Night Valley.

A garota sentiu um frio percorrer sua espinha.

Dulce se retirou para a cozinha e, em silêncio, começou a preparar mais um de seus famosos pratos muito cobiçados pelo paladar de James: galinha assada ao molho de laranja e açafrão, com maionese de aipim.

Diana se sentou no sofá e refletiu sobre as insígnias.

De um lado, havia o desejo árduo de mantê-las unidas. E íntegras. Já de outro, a procura pela Insígnia do Tempo, cujo desaparecimento estava ligado ao seu criador, Jasper Hunt, tinha de ser feita por Diana para que ela pudesse destruí-la juntamente às outras.

Com objetivos opostos, a garota perdeu mais alguns minutos pensando sobre a atual situação: *enquanto alguns querem destruí-las, outros precisam delas intactas.*

De um lado estava Thomas: em busca da cura para a maldição que se apoderara do corpo de Diana. De outro, Jasper. Ele também precisava de algo, porém este algo ia de encontro à meta da garota, que se resumia a acabar com esses poderes para que ninguém – inclusive Jasper – concentrasse um poder imensurável guardado tão secretamente do restante da humanidade.

– Você sabe... Temos de destruí-las. – Dulce apareceu na sala de estar.

Diana levou um susto.

– Ele precisa delas! – Ao perceber o olhar cético de Dulce, continuou. – Mas não fugirei da minha obrigação.

Sem chances. Diana não podia vacilar. As insígnias certamente causariam o fim do mundo nas mãos erradas, Marlon a alertara sobre isso. Mas, agora, matar Jasper? Era demais.

Por que ele precisa de todas as insígnias? A vida eterna já não é o suficiente?, Diana repetia em sua mente até alguém bater à porta.

– James? – perguntou Dulce da cozinha.

– Não, é o Thomas. – Entrou em casa animado. – Notícia boa, pode ficar tranquila. Encontrei um dos guardiões secundários no caminho e... – recuperou o fôlego – o poder da Fênix estará estagnado enquanto tivermos estas insígnias unidas. – Ele apontou para elas enquanto se sentava no sofá.

– Que ótimo! – Dulce retornou à sala com um pano de louça nas mãos.

As duas se olharam.

– E mais: se encontrarmos a Insígnia do Tempo, você tem o dever de destruí-la – disse em um tom bem sério.

A empregada tentou quebrar o assunto ao dizer:
– Você deve estar cansado. Quer algo para comer? Estou preparando um prato de lamber os beiços! – Apoiou sua mão no ombro do rapaz ainda sentado.
– Perfeito! – Thomas esfregou as mãos em sinal de euforia. – E por onde anda o James?
– Ferramentas para o carro – disse Diana. Suas palavras saíram atropeladas.
Thomas se levantou do sofá e se dirigiu ao banheiro.
– Típico. – Ele suspirou enquanto se espreguiçava. – Vou tomar um banho. Já volto.
Poucos minutos depois, um Thomas mais relaxado e uma Diana um pouco mais feliz podiam ser encontrados no sofá, assistindo à televisão, enquanto Dulce finalizava a maionese.
– Se não aguentarem esperar a galinha, venham. – Fez um gesto com a mão para que eles se juntassem a ela na cozinha.
– Espere. – O rapaz se levantou. – Galinha assada ao molho de laranja e açafrão, com maionese de aipim? – Animou-se.
– Tá parecendo o James – sussurrou Dulce.
James entrou em casa.
– Alguém falou "galinha"? – Olhou para os três.
Diana e Thomas fizeram um gesto positivo com a cabeça enquanto Dulce segurava o riso.
James comeu um pouco da maionese antes de a galinha ficar pronta. Thomas contava as novidades com entusiasmo e Dulce começou a cantarolar, pois sua felicidade havia voltado.
– E... pronto! – A empregada tirou a galinha do forno.
– Sintam o cheiro! – Fechou seus olhos castanhos. James inspirou profundamente aquele aroma.
Thomas balançou a cabeça ao ver Dulce cair na gargalhada.

Após comerem até o último pedaço de galinha, eles tomaram seus rumos: Thomas ajudou Dulce a lavar os pratos e talheres, e Diana os secou. James terminou de consertar seu carro e foi dormir depois de tomar um belo de um banho para tirar toda aquela graxa do corpo.

Mas Diana não estava convencida de que tudo ia bem. Marlon os avisara de mais alguém saindo daquele espelho. E quais eram as chances de ser alguém cujas intenções fossem puras?

Thomas ignorou o fato de ter de escovar os dentes para prevenir cáries e foi direto para o seu quarto. Deitou-se na cama e adormeceu com Missy.

Enquanto isso, Diana se viu sem ter o que fazer.

Sair de casa seria muito arriscado, visto que Dulce agora compartilhava da mesma opinião de Thomas e James a respeito disso.

Dulce se sentou no sofá da sala e ligou a televisão em um volume quase inaudível. Inimiga de filmes de terror, deixou em um canal de curiosidades sobre animais silvestres. Não demorou muito para começar a cochilar.

A garota precisava sair. Como poderia ficar em casa se Jasper estava lá fora com todas as respostas?

Viu que a passagem até a porta de entrada estava sem nenhuma "pedra" no caminho e a abriu.

Diana sentiu o gélido vento bater em seu rosto pálido e em seus cabelos ruivos. Saiu depressa rumo à liberdade e, caso alguém descobrisse, sua desculpa seria a de manter sua sanidade.

Caminhou até a casa em que Jasper estivera mais cedo. Encostou-se na parede que ele escolhera para observá-la.

Diana ficou ali por alguns minutos, mas não demorou muito para alguém aparecer.

Ele se encostou ao seu lado.

– Olá, Diana – disse com uma voz firme.

CAPÍTULO XVII

A caçada

Seu coração acelerou rapidamente. Jasper se aproximara de Diana sem que ela percebesse. Ele escorou suas costas na parede, assim como a garota havia feito.

– Olá – respondeu ela.

Diana não sabia como começar o assunto a respeito da Insígnia do Tempo. Uma mecha de cabelo repousou sobre o seu rosto.

– Você está melhor? – ele perguntou, tirando com sua mão os fios ruivos do rosto da garota para colocá-los atrás de sua orelha.

Diana sentiu o suave toque de Jasper e ficou corada.

Ele achou graça, mas apenas esboçou um sorriso discreto ao mesmo tempo em que olhava para o chão.

– Estou. – Engoliu em seco. – Há algo que eu... preciso perguntar.

– Então pergunte – disse calmamente enquanto olhava para o chão.

Ela hesitou por tempo demais.

– A Insígnia do Tempo... – Olhou para o rapaz. Hunt fitou o rosto da garota no mesmo instante. – Por que ela não está em seu pescoço?

– É complicado.

– Então descomplique – Diana respondeu rapidamente. Ele sorriu ao balançar negativamente a cabeça.

Eles estavam tão perto fisicamente, mas distantes em seus objetivos, diante das batalhas que travariam a qualquer instante. Ambos desejavam as insígnias, mas quem as possuiria no final? O que seria a vitória para um significaria uma catástrofe para o outro.

Com aquele olhar que penetrava as pupilas de Diana, indo diretamente para as estruturas mais internas do seu globo ocular, Jasper a fez se desconcentrar. Então Diana desviou o olhar para o chão enquanto ele mudava de assunto:

– Bela noite, não acha? – Ele olhou para o céu, que ficava mais nublado a cada momento.

A garota não ousou tirar seus olhos castanhos – porém com um tom um pouco mais alaranjado – do chão.

Jasper acompanhava a lenta mudança do céu que se cobria lentamente com nuvens densas. A chuva ainda não fora convocada.

– Eu... – pigarreou – queria saber mais sobre... Dark Night. Você vivia lá, não?

Jasper se entristeceu ao ouvir aquele nome.

– Claro. – Pausou sua fala. – Sinto falta daquele lugar, da minha antiga vida, de tudo. – Olhou para Diana. – Por onde começo?

– Sua vida desde o início, que tal? – Sorriu.

Diana estava curiosa e não podia mais disfarçar.

Jasper tentou retribuir o sorriso, mas falhou. Sua tristeza se sobressaiu:

– Eu nasci e vivi lá boa parte da minha vida. Lauren, minha mãe, e meu pai, Andrew Hunt, viviam felizes até eu nascer. Naquela época, os partos eram realizados em casa e minha mãe não sobreviveu. Meu pai até tentou encontrar a parteira da região, mas ela estava em um casamento, daí ele voltou para casa e tentou ajudar ao máximo. Ele segurou as mãos da minha mãe até o final. Eu nasci bem saudável, mas Lauren não resistiu. Andrew teve a tarefa de cuidar de um recém-nascido e trabalhar duro no campo, sem falar das tarefas domésticas e outras coisas.

– Eu... sinto muito – Diana disse em um tom desolado. – Seu pai deve ter sofrido um bocado. Como eles eram?

– Segundo meu pai, Lauren estava muito feliz com a gravidez e pressentia que teria um menino. Ela era muito linda. Tinha olhos negros como os meus e uma pele bem pálida. Andrew sempre dizia que ela havia sido criada a partir da neve e que seu sorriso era encantador. O meu pai era diferente: tinha olhos azuis, pele bronzeada, e seu cabelo era castanho claro. Ele usava uns óculos bem engraçados, de aros maiores que o normal.

– Marlon não me disse sobre essa parte da sua vida – comentou.

– Essas partes nunca são citadas. Mas foi por causa delas que criei a Insígnia do Tempo. Eu rezava todos os dias para que Deus a trouxesse de volta, pelo menos por um único dia, mas esta prece não foi atendida.

Diana sentiu um nó em sua garganta.

– E como conheceu Brian? – Ela desviou o foco daquele assunto.

– Ele morava bem perto da gente. Cresci ao lado de Brian. Meu pai morreu quando completei 8 anos de idade; ele trabalhava demais e não tinha tempo para cuidar da saúde. A mãe de Brian me acolheu como se eu fosse seu filho, por isso eu chamava Brian de irmão.

– Entendi... Vocês eram alquimistas ousados, principalmente você, pelo que ouvi.

– Exato. – Sorriu. – Tão ousado que criei a Insígnia da Morte, como Marlon deve ter te contado, mas isso foi um acidente – Jasper disse sóbrio.

– Bom... Em sua defesa, a morte é algo natural, faz parte do ciclo da vida.

Jasper concordou, fazendo um gesto positivo com a cabeça.

– É, e não há como impedir isso para sempre, a não ser por isto. – Tirou um colar do bolso do seu sobretudo, parecido com um relógio de bolso. Diana percebeu que era a Insígnia do Tempo. Era igual àquela descrita por Bailey. – Pensei que isto me daria o poder de ressuscitar minha mãe... – Balançou-a pelo cordão de ouro que a sustentava. – Mas fez com que eu nunca envelhecesse. Descobri que somente quem a criou poderia ter esse privilégio, se bem que até isso não é uma verdade absoluta.

Foi nesse exato momento que Diana percebeu o medo invadir as palavras de Jasper. Havia algo escondido em sua mente. Algo muito ruim.

– E o resto?

– O resto... – disse bem devagar ao guardar a insígnia no bolso – você já sabe: Brian apaixonado, Helen arrependida e Jasper desaparecido.

– Onde você estava?

– Tentando me libertar da vida eterna. – Olhou-a com um ar de tristeza.

Ao contrário dos outros, Diana viu em Jasper um semblante bom, sereno. Ele não era um lobo, estava mais para um cordeiro.

Ela queria provar para todos suas boas intenções. Eles estavam enganados e deveriam saber desse julgamento equivocado.

– Se você não quer a vida eterna... – Franziu a testa. – O que quer?

– Viver – Jasper disse firme.

Eles ficaram em silêncio por alguns instantes.

– Helen voltou, não voltou? Marlon contou ao Thomas sobre sua volta.

Jasper fez que sim com a cabeça.

– Provavelmente. Ela não era má no começo, mas com a Fênix... Não há quem não mude. – Torceu a boca.

– Esse poder está em mim. – Engoliu em seco. – Uma parte dele, pelo menos.

Sua fisionomia era de preocupação. Jasper parecia angustiado também.

– E não a invadirá por completo se Helen não achar o livro de Brian ou o de Bailey, mas, se ela tiver mesmo voltado, é porque já teve acesso a uma pequena parte de um destes livros.

Curiosa, Diana arregalou seus olhos.

– E onde eles estão agora? – Ela pausou a fala. – Com você?

– Não. Eu os procuro há um bom tempo. Se um deles cair em mãos erradas... – Balançou a cabeça.

– Marlon acha...

Ele a interrompeu.

– Eu sei bem o que ele acha. Pouco me importa a opinião do guardião.

Diana suspirou.

– Se ela encontrar um dos livros, estarei perdida. – Ela fitou o chão.

Jasper a consolou, colocando a palma de sua mão no ombro de Diana:

– Não deixarei que façam mal a você.

A jovem engoliu em seco. Seu coração acelerou. Ela sentia algo por ele. Algo bom, mas proibido.

Depois de suspirar sem que ele notasse, a garota confessou:

– Eu sou agora uma guardiã secundária do espelho – disse firme, ousando encarar profundamente os olhos negros de Jasper.

– Nenhuma novidade pra mim. – Balançou levemente a cabeça. – Eu já sabia disso desde o dia em que você visitou o Thomas e o James. – Sorriu.

Ela franziu a testa, pois Diana tentara alertá-lo, de uma forma indireta, sobre seus interesses em tomar a insígnia do rapaz para si. Mesmo tensa, sentiu uma paz fora do comum sendo emanada de Jasper. Ela só queria poder ficar ali por mais alguns minutos. Ou horas. Ou dias. E por que não por toda a eternidade?

– Você os conhece – disse surpresa. – Então sabe que...

Ele complementou a fala da garota:

– Sei. – Jasper fez uma pausa. – Seu dever é achar a Insígnia do Te...

Mas, antes que Jasper pudesse completar a palavra, a garota desmaiou, esvaindo-se em sangue pelo nariz e ouvidos. Ele a pegou no colo e a levou de volta.

– Diana, Diana! – repetia o rapaz.

Thomas estava errado. Mesmo com todas as insígnias, exceto uma, Diana fora diretamente afetada pela Fênix.

Hunt só tinha uma coisa a fazer: levá-la de volta e comunicar o ocorrido aos dois irmãos, se ele sobrevivesse à fúria deles.

Hunt correu com Diana nos braços. Ainda desfalecida, a garota mal respirava. Ele sentiu seus pulmões se encherem do pouco ar que ela conseguia absorver. A garota estava prestes a morrer.

Jasper chegou à casa de Thomas e James, com sua respiração agitada.

– Thomas, James! – gritou o rapaz.

Nada. Atônito, ficou ali por alguns instantes. E sem resposta nenhuma.

Dulce também estava dormindo. Um sono profundo... e interminável.

Ele abriu a porta e colocou Diana em um dos sofás. Dulce estava deitada em outro. As duas não se moviam, mas pelo menos a empregada não sangrava pelo nariz e ouvidos, como Diana.

Após subir as escadas e invadir o quarto de Thomas e depois de James, Hunt finalmente entendeu o que estava havendo: alguém havia lançado um encantamento nos três. Mas por que Diana sangrava pelo nariz?

Foi aí que Jasper desceu os degraus da escada e viu que duas das quatro insígnias tinham sumido: a Insígnia da Fênix e a Insígnia da Morte.

Jasper arregalou seus belos olhos negros e lançou um olhar triste para a jovem escritora, pois ele sabia muito bem o que as insígnias causariam se caíssem em mãos erradas.

Por um lado, a Insígnia da Fênix não possuía mais o poder – ou maldição, como Diana dizia – de fazer alguém morrer e renascer das cinzas, pois ele agora estava na chave que Diana recebera. Por outro lado, esta insígnia possuía o dom de auxiliar a pessoa que a detivesse na busca de pessoas ou coisas desaparecidas. Já a Insígnia da Morte – a qual Hunt conhecia muito bem, mais que qualquer pessoa, pelo fato de ter sido o seu criador – traria o mal com toda a certeza. Ela traria a morte.

Hunt sentiu algo quente escorrer pelo seu nariz. Passou seus dedos para tirar aquele fluido. Era sangue. Algo estava atacando os cinco.

Caminhou a passos lentos em direção às insígnias restantes. Quem havia pego as outras? Jasper desconfiava de alguém em especial. E esperava estar errado.

Diana se debateu no sofá, e ele foi ao seu encontro.

Ao vê-la mais de perto, reparou em um brilho cintilando nas suas pálpebras, na altura de suas íris.

Os olhos da garota, que agora já não eram mais castanhos, ganharam uma tonalidade mais familiar.

Ele abriu uma das pálpebras da jovem. Viu um tom alaranjado em sua íris. E sabia que isso era preocupante, ainda mais com o sumiço das insígnias.

Agachou-se próximo do corpo de Diana e Dulce. Havia cinzas no chão. Ele levou seu dedo indicador em direção a elas e as tocou.

Após analisar mais de perto, teve a certeza de que aqueles fragmentos de cinzas pertenciam a alguém. E este alguém era Helen.

Helen havia voltado. Uma mulher agora cruel, que faria de tudo para alcançar seus objetivos mais sombrios.

Consumida pela loucura, ela vagava por aí, e Hunt tinha a necessidade de encontrá-la, já que não só o futuro de James, Dulce, Thomas e principalmente de Diana estava em jogo, como o seu também.

Ainda estupefato ao olhar os sinais vitais de Diana diminuírem a cada instante, virou-se para a porta da entrada, ainda aberta, após ter escutado um estalo.

– Mal nos conhecemos, então vou me apresentar – disse uma mulher, estendendo sua mão em direção ao rapaz. – Helen, prazer em conhecê-lo. – Deu um sorriso maroto.

A silhueta feminina estava parada à porta, segurando gentilmente a maçaneta.

Jasper andou dois passos em sua direção.

– Eu sei quem você é – disse com a voz ríspida, ignorando sua mão estendida.

Ela gargalhou, jogando a cabeça para trás e fazendo com que os seus cabelos lisos e longos se esvoaçassem. Cruzou seus braços.

Era mesmo Helen. Seus cabelos pareciam ainda mais negros. Jasper havia visto a mulher havia muitos e muitos anos, mas ele era um bom fisionomista. E algo a mais – não só em sua aparência gélida – havia mudado.

A mulher possuía olhos ainda mais azuis, mas seu sorriso não era mais inocente: era sujo. E repleto de más intenções.

Jasper havia se lembrado de Brian e de como ele a descrevia incessantemente. Quase todos os dias, quando ainda trabalhavam com a alquimia, Brian mencionava o fato de que, sempre que Helen esboçava um sorriso, por mais tímido que fosse, suas bochechas coravam. Porém, não mais.

De volta como uma morta renascida, Helen estampava um ar de frieza, exceto em suas roupas.

Vestida com um macacão vermelho de seda bem brilhante e saltos igualmente vermelhos, seu visual escarlate transmitia uma ideia de algo soberano e digno de um vilão.

Hunt sabia que não podia atacá-la, pois ela estava preparada para isso, então tentou entender os motivos que a traziam de volta a este mundo.

– Por que voltou?

Ela balançou a cabeça.

– Mesmo? – Arqueou suas sobrancelhas negras e grossas, porém bem delineadas. – Tantas centenas de perguntas mais interessantes como "por que você os fez dormir?", ou "por que você está vestida com roupas de uma grife italiana?" ou então... – Fez uma pausa dramática, enquanto tentava fazer uma expressão de tristeza em seu rosto. – "Quanto tempo vai demorar até Diana receber toda a maldição?"

Helen se virou para a jovem, dirigindo suas palavras para a garota, mesmo sem que ela pudesse responder às suas perguntas:

– Como se sente? – Agachou-se perto de seu corpo desfalecido, passou a palma de sua mão na testa de Diana e deslizou-a até seu queixo. – Sente o fogo queimando em suas veias, de dentro para fora, até chegar ao cérebro?

Hunt se aproximou, revelando seu lado ameaçador:

– Saia. – Sua voz estava firme, porém a mulher notou uma angústia se sobressair por uma fração de segundo.

Ela saiu antes de ele terminar de falar.

– Bom... – Helen suspirou. – Agora está feito!

Hunt entendeu naquele exato momento que a maldição não podia ser desfeita.

– Achou um dos livros.

– E não foi fácil – ela complementou. – Demorei muito tempo para achá-lo e, claro, mais alguns meses para decifrá-lo.

Jasper olhou Diana se debatendo no sofá. Ela agora gemia, virando bruscamente a cabeça de um lado para o outro.

O amor de Brian andava por aquela casa como se pertencesse a ela. Helen era imponente, mas Jasper conhecia a alquimia bem antes de ela iniciar seus estudos.

– Parabéns... – Andava lentamente ao mesmo tempo em que fitava o chão, colocando suas mãos atrás das costas e segurando-as uma na outra. – Mas há algo que os amadores nunca devem fazer.

Ela deu de ombros.

– E o que seria?

Agora foi a vez de Jasper esboçar um sorriso maroto:

– Deter tanto poder sem se precaver antes.

Antes que a mulher pudesse questioná-lo, ele apertou com força a Insígnia do Tempo.

Helen caiu no chão e urrou de dor, cerrando seus olhos azuis com uma força descomunal.

Após causar um pequeno estrago na insígnia, Hunt se aproximou de Helen com o intuito de tirar as outras insígnias do seu pescoço, mas antes que pudesse tocá-la, a mulher, ainda no chão, recuou, virando cinzas.

Ele escutou a voz de Diana. Correu para ajudá-la.

– Consegue me ver? – Jasper fitou o rosto da jovem.

– Felizmente... sim – Diana disse com uma voz fraca e quase inaudível.

Ele suspirou de alívio.

– Ótimo. Agora durma. – Encostou a palma da mão na testa da garota, fazendo-a dormir logo em seguida.

Hunt fechou os olhos e fez algo inesperado. Algo que Diana nunca imaginaria que o rapaz fosse ter a coragem de fazer.

grupo novo século

Compartilhando propósitos e conectando pessoas
Visite nosso site e fique por dentro dos nossos lançamentos:
www.novoseculo.com.br

‹ns

facebook/novoseculoeditora
@novoseculoeditora
@NovoSeculo
novo século editora

gruponovoseculo.com.br

Edição: 1ª
Fonte: Athelas